红狗鸟

生态散文诗集

华海◎著

南方日报出版社
NANFANG DAILY PRESS
中国·广州

图书在版编目（CIP）数据

红胸鸟：生态散文诗集 / 华海著. -- 广州：南方日报出版社，2021.1（2021.10重印）
ISBN 978-7-5491-2327-8

Ⅰ. ①红… Ⅱ. ①华… Ⅲ. ①散文诗－诗集－中国－当代 Ⅳ. ①I227.6

中国版本图书馆CIP数据核字(2020)第255242号

HONGXIONGNIAO: SHENGTAI SANWENSHI JI
红胸鸟：生态散文诗集

作　　者：华　海
出版发行：南方日报出版社
地　　址：广州市广州大道中289号
出 版 人：周山丹
出版统筹：谭庭浩
责任编辑：陈　静
装帧设计：邓晓童
责任校对：裴晓倩
责任技编：王　兰
经　　销：全国新华书店
印　　刷：广州市岭美文化科技有限公司
开　　本：889mm × 1194mm 1/32
印　　张：7.25
字　　数：39 千字
版　　次：2021 年1月第1 版
印　　次：2021 年10月第 2 次印刷
定　　价：38.00元

投稿热线：（020）87360640 读者热线：（020）87363865
发现印装质量问题，影响阅读，请与承印厂联系调换。

自序

红胸鸟是一种什么样的鸟呢？在我所写的各种各样的鸟中，似乎它更接近于幻想。我曾见过一只红胸鸟，它胸口的羽毛像一团火焰，有一种令人惊异的美。我用散文诗来写红胸鸟，与写其他的鸟及自然物一样，并非只是如实地描摹它们，更多想表达的是对自然的体验和对反生态行为的反省，从而寄寓一个人与自然共生的生态之梦。

我在读大学的时候，一度迷上了郭风和柯蓝的散文诗，也写下过一些介于诗和散文之间的文字，但它们已经像一阵清新而透明的风随着青春岁月消失在了远方。新世纪开始，特别是“非典”之后，我的文学写作向“生态”转型，重点写作生态诗歌和生态诗歌评论。逐步感到生态写作的面还需要拓展一下，也就自觉地延伸到了生态散文随笔、生态散文诗以至生态小说的写作。通过表达形式多样化的尝试，用各种体裁来进行生态书写，我对生态文学的创作空间有了一些新的探索。从读者接受角度说，这样传播面也会广一些，可以与不同的作者、读者交流，自然也会有助于提升生态写作的影响力。

《红胸鸟》是对我近年来创作的生态散文诗的一个结集。据有关学者说，它将是国内第一部自觉写作的生态散文诗集。我想通过回归自然，观察、体验自然界的鸟类、植物以及山林、河流，探索人与自然的关系，反思反生态的行为，从而建构人与自然和谐共生的诗意栖居。这是本书的主旨，也是我生态写作的定位和立意所在。

这些散文诗根植于我生活的粤北清远独特的地域生态，我将这方山水作为灵魂安居之所，试图在具体地点与自然重新建立联系，以散文诗的语言方式，从人与自然生命共同体的整体性视角，探索一种新的生态审美诗境。

全书分为三辑。辑一“鸟语”，通过对各种鸟及各种自然物的观察或体验，重新审视人与自然的关系，并表现领悟到的生态哲思；辑二“山居”，以清远地域为原点，探索人回归自然重建生态关系的可能路径；辑三“火焰”，以当下现实为背景，追问生态问题根源，彰显大爱精神和悲悯情怀。

红胸鸟，可能只是一个人的玄想或虚构，但它确实与我们当下的生态状况和精神生态相关联。尤其在这“新冠后”的时间节点，这本书自然也寄寓着我的一种愿望：希望红胸鸟不仅在那片想象的树林里出没，它也能飞近你——我的读者的居所和生活，飞进你的心灵。

目录

辑二　山居

辑三　火焰

辑一

自语

红胸鸟

有人说它不是一只鸟，而是末日的神秘信使。也有人想象它在空无的枝头，在自己的歌声中，让另一个王国在寂静中到来。

而我始终相信它能穿越深秋的夜空，在一个早晨把羽翅飞成一朵红云。恰好你在一棵红杉树下抬起头来，目光与它相遇。

是的，没有什么能够阻挡以梦为马的旅程。它拉动着我们生活的行李和粮食，尽管这辆负重的马车正翻越山岭，到了一个陡坡旁边。

红胸鸟，就是在这时候出现的。它胸前的一束红火苗把山野瞬间点燃，那些枫树、火炬树、槭树、乌桕树都举起了红色的火焰，山岗上的风也吹响了一支牛角号和一支芦笛。

就是这里，停下一个季节的漂泊吧，在红胸鸟神秘消失的树林，在彼此默默对视的眼眸深处，我们找到一脉宁静的泉源和安居之所。

牛背鹭

一

牛背鹭，Bubulcus ibis，它不认识这个洋文名。只有当你轻轻叫它放牛郎的时候，它才挺起驼着的背，温情地看你一眼，让你瞬间想起乡下的兄弟。

它是鹭的一种，但不同于在水边照着镜子爱惜羽毛的鹭，也不同于凌空高蹈，与生活若即若离的鹭。它的出现，与我的纤弱、敏感、孤独、清高，恰好构成一种鲜明的对照。

它紧紧跟随着老牛，一头踏着低垂的、缓缓移动的影子，一步步走来的老牛。它近在咫尺，就在我面前的稻田里，却又离得那么遥远，仿如隔着千山万壑，隔着风雨流岚，隔着道路、城市和光阴。

见到牛背鹭，我便想起我做放牛郎的童年，想起了我的兄长、父亲、祖先……一代代人都从放牛郎长大，用背驮着自己的命运和苦难，在大地上跋涉，用双脚刻写名字与履历。

我，一个写字的人，一个在城市月光下晃荡的瘦长的影子，是从什么时候开始远离了牛背鹭？

二

它是一种活得粗糙的禽鸟，与鹭的名字构成了一种矛盾和反差。它的羽毛大部分是白色的，只是头、颈和上胸橙黄色的簑羽让它有了另一个名字：黄头鹭。

它不是那种近乎完美，甚至患上洁癖的白鹭，它也不会叫人联想到名叫露露的娇弱女孩。它看上去有点笨拙，与耕田的汉子一样胼手胝足。它的身形短粗，连喙和颈也是短粗的。它一直驼着背，但从半空中低低飞过的时候，却在我们的视野里画出了一条隐形的直线。飞的时候，它把头缩得更紧了，几乎缩到了背上，短颈向下面突出，像一个大大的喉囊。

它始终跟在老牛的后面，或者站在牛的背上。牛背，是它另一个流动的家。

秋天了，鹭鸟们成群结队地飞向水边捕鱼，它们闻到了一种从河边蔓延开来的鲜美气息。而它，一只牛背鹭，却没有离开散发着汗腥和尿臭的耕田老牛。它不停地寻找、啄食老牛背上、腿上的牛蝇和蚂蟥；在一些瞬间，它又显得出奇的灵敏，飞速扑向水草中蹦出的青蛙，飞窜的蜘蛛、蚂蚱、蟋蟀……

在冬天的原野上，它们变成了羽毛纯白的鹭。它们三三两两，站在黑色的树梢上，做短暂的休憩，颈项缩成了典型的“S”形。雪慢慢落下来，它们成了广袤大地上白色的一部分。

三

它们也会恋爱、繁殖，垒巢于树丛或竹林。我曾听到守在巢边孵卵的一对儿在悄悄低语，那声音温驯、轻柔。就像我们的父母偶尔也会背着我们小声说话，说一些家长里短和孩子们的淘气与未来。

如今，我的父母都去了另一个世界，我却从异乡牛背鹭的悠悠亲情里，又见到了双亲大人，回到了童年的故乡。

我常常站在阳台上眺望，也会在红绿灯交错的路口恍惚，仿佛看到一只鹭鸟站在牛背上踽踽而行。我也曾去乡间田野寻觅它的身影，偶然相逢，每每令我惊喜。而它，却平和如常，视我如故人，在寂静中与我无声地对望。这时候，我又会想起无数消失在光阴中的往事，想起遥远的远方，甚至想到一个把牛背鹭尊为国鸟的国度——博茨瓦纳。

现在，我有好久没有见到牛背鹭了。它飞回了北方吗？它去了平原、草原、大湖或者高山吗？我只能在书房里想象它：粗短的身影，驼着的背，飞行中突出下垂的喉囊，嘴、眼周边露出的一圈金黄，站立在牛背上的黑色的脚趾……

四

在一个江心小岛上，在秋夜深处，我坐在变幻的光影里，听你——一位安静的

00后女孩，一边弹着吉他，一边轻轻地哼唱：

是谁把牛和鹭分开？牛不见了，鹭也飞走了。

在草地上，遗落一根放牛的绳缆，我把它叫作时光。

只听老牛哞哞、鹭鸟啾啾，却不见它们的身影。

只是一转身的工夫，你藏到了哪里？牛背鹭，牛背鹭……

蓑羽鹤

你可能难以想象，五万只蓑羽鹤飞越喜马拉雅的场景。

那并不是我们凭空猜测的一种炫技或者浪漫。它们把不可能变成可能，那样一种力量和意志只能来自生命本身，以及由五万个生命组合成的一个个“V”字形编队。

那是一种北方的鸟，平生我只有过一次机会走近它们。原来它们并不是那种凌空蹈虚、仙气飘飘的鹤，它们看上去那么朴实，甚至带点儿乡土气息。它们是鹤类中体型最小的，灰蓝色的羽毛像乡间手工纺制的老土布。红色的虹膜后面，一绺白色耳簇羽，让我联想到老父亲雪白的长寿眉。颈旁黑色的羽毛披挂下来，悬垂于前胸。这就是蓑羽，如过去时代那些水上渔翁在风雨中穿的蓑衣，那种用干草编织的蓑衣。

在温暖、湿润的岭南，我从未见过它们。它们栖息于遥远的北方，在高原、草原、沼泽，甚至寒冷的荒漠中才能寻觅到它们飞翔的身影。那是个深秋的傍晚，在海拔5000多米的高山，我突然见到一群蓑羽鹤腾空而起，发出尖锐的叫声，如大风中的号角，直逼暮色苍苍的云霄。

就是这样一种飞鸟，它们像听到冥冥中的召唤一样，在高原上聚集。五万只蓑羽鹤，它们将飞越地球的最高山脉——喜马拉雅。这是不可能的可能，对于许多参与这次生命极限挑战的蓑羽鹤来说，这是第一次也是最后一次，它们将会在越飞越高的过程中，突然跌落，殒命于悬崖绝壁之下。

面对这样残酷而悲壮的命运，竟然没有一只蓑羽鹤向后退缩或者感到畏惧，它们听到生命里只有一个声音：飞！飞！飞！

五万只飞越喜马拉雅的蓑羽鹤啊，我真的无法想象它们，它们在人的想象之上！

反嘴鹬

一对反嘴鹬，一直在你的头顶上下翻飞、鸣叫。

你闯进了它们的领地，一步步逼近它们在沼泽旁边垒筑的巢。但你听不懂它们的惊慌和气恼。

它们的鸣叫，再也不像笛声一样清脆、悠扬。它们着急地喊叫：回去！回去！

它们本来是一种性情温驯的鸟，白色的羽毛装饰着黑色的条纹，细长的翘起的嘴巴显得独一无二。它们在远离人群的湖滨洼地或者海边沙滩嬉戏，三三两两地，从容而悠闲地走在浅浅的水中。它们一边走一边啄食，将长喙伸入水中或稀泥里面，左右来回地扫动，寻觅它们喜欢的食物——甲壳动物或小虫。

它们在水边开始了恋爱。一对反嘴鹬悄悄离开了群体，在芦苇深处喃喃私语。然后它们去水上表演独特的舞蹈：雌鹬青灰色长长的细腿站在雄鹬背上，巡游一圈，最后走向水的对岸——它们将去那边筑巢、产卵、孵化……

然而，你贸然进入了它们的世界，打破了时光和流水的宁静。在你照相机发出的咔嚓声里，它们却听到了对幼小鹬鸟的侵害。

你听不懂它们是在用生命呼叫，你还在一步步逼近，逼近它们的巢和刚出生的小生命。

反嘴鹬，反嘴鹬，只能用它长长的翘起的嘴巴，发出秋风般嘶鸣的声音劝阻你，让你返回你来的地方。

苍鹭

我想，那是在冬天，在一个黄昏。它独立在江水边，一双灰黑色的修长的腿，让它的身体显得格外修长。它一动也不动，水里的影子慢慢与渐浓的夜色融合到一起。

我想，只远远地看着它，看着这隐士一般的苍鹭。

其实，它是最有耐心的狩猎者，等待着一个猎食水中游鱼的瞬间。然而，没有等到那个瞬间，我便会悄然离开。它仍在我的身后伫立，守望着一条江，守望着一条江上的瑟瑟寒风，乃至成为整个季节中凝然不动的那个灰点。

它却是一种大鸟，黑色的头侧饰羽和苍灰色的背羽，让它隐隐透现一种沉稳和坚毅的气质，一种苍松岩石般的气质。由此，我联想到“孤舟蓑笠翁，独钓寒江雪”的唐人诗句。而在江上独钓，那是一种什么样的心境呢？也许，只能回到历史或诗歌的苍凉背景里去体会。

在想象中，我一直没有走近那只苍鹭，它也沉浸于它独有的静穆。那是不怒而威的静穆，似乎在无言中有一股震慑人心的力量，逼着我向后退去。

我终于退回到苇草飘曳的岸边。突然，听到水边的苍鹭发出一串“呱呱呱”的叫声，像从喉咙底迸出，深沉而高亢。

戴胜

这不像一只鸟的名字。

戴胜，是西王母头上的饰物，这与一只鸟又有什么关联呢?

我们给一种鸟冠上太多的名词和形容词，那只是人的意愿，并不是野外真实的鸟。

诗人会赞美它的美丽多姿，还联想到“星点花冠道士衣，紫阳宫女化身飞”，说它们“能传上界春消息”。

也有人却厌弃它的臭味难闻，把它称为“臭姑鸪”，它的巢也多臭不可闻，它又成了懒婆娘的化身。

而这些，与一只真实的鸟有关吗?

其实，它散发出来的浓重气味，或许只是一种本能的自我保护；它的花冠，不过是头顶的一绺棕栗色带斑羽毛。

记得有一次，我走到了离它们很近的地方。当时，一对鸟儿正在水渠边的草地上慢步行走，一边走一边觅食，羽冠张开，像一把团扇。可能我的脚步声惊动了它们，它们又警觉地把扇子收贴到了头上。

我不想惊扰它们，慢慢地向后走去。这时候，听到它们发出了“扑、扑、扑”的鸣叫，声音短促而低沉。我站在一棵香樟树下望过去，只见它们鸣叫时羽冠耸起，然后又伏下，随着叫声，羽冠一起一伏……

现在，当有人谈起戴胜鸟，我就会想起它们鸣叫时的样子；想起它们在草地上一边行走，一边不断点头，有点像啄木鸟。

雪鸡

我没有见过雪鸡。

雪鸡，栖息于海拔3000米以上的高原雪山，而我生活于草木葱茏的岭南城里。

但昨夜，一群雪鸡却进入了我的梦中。后来，我跟着它们摇摇晃晃地行走，变成了一只小小的雪鸡。

雪花一片片落下来，落在山崖上，落在老树上，也落在我们的翅羽上。我们原来的羽毛只是在灰色中夹杂着淡淡的白色，渐渐地，我们完全变成了雪白的，成了雪山的一部分。然而，我们没有停止行走，我们是一群纯粹的雪鸡了，或者说是一只只在高崖上蠕动着的雪球了。

在梦里，我完成了从一个人到一只雪鸡的转化。我学会了短促而低沉地鸣叫，学会了啄食草的叶子和嫩芽，我也会捕捉小虫子果腹。

我一天天长大，显得体型肥壮而呆萌。当然，我也偷偷地爱上了另一只雌雪鸡，用翅膀的扑动传递了爱的暗示之后，它以轻轻的啼唤回应了我。于是，我们悄悄离开了群体，去岩石后面幽会……

我和我的雪鸡夫人不停地忙碌，我们把巢穴安在悬崖绝壁旁边。最危险的地方最安全。在这里，我们即将生儿育女，接续雪鸡世界平常而又神奇的生命繁衍……

这时候，我的梦醒了。我疑惑不解，是我在梦中变成了一只雪鸡，还是一只雪鸡恰好梦见了我？也许，一个梦，就是我作为人类和雪鸡最好的相遇。

蜂鸟

你见过这种鸟吗?

每分钟心脏跳动500次，每秒钟振翅50下。

翅膀呈“8”字形摆动，在空中像旋转的桨叶。

竟然还能向后飞。

它很小很小，小得像一只昆虫。

你见过这种最小的鸟吗?

听说靠近它，才能听到它翅膀扑动发出嗡嗡的响声。

我突然觉得，蜂鸟就像一个人小小的心脏，为了见到你，每分钟跳动500次。

你听到了吗?

有些鸟

有些鸟来到这个城市的湖边过冬，它们是冬候鸟。

有些鸟留在旁边的山林里，不再远离，它们被叫作留鸟。

也有的鸟在城市楼宇与楼宇的迷宫中飞来绕去，那是失群的迷鸟。

然而，我是哪一种鸟呢？有时候，我恍惚自己是一只红嘴海鸥或者丹顶鹤，从遥远的北方迁徙而来，在葱茏的草木和清澈的湖水之间嗅到了家的气息。

对于每一只鸟而言，飞翔是它的宿命，但它们不能没有栖息地。鸟失去家园，也许比失去生命本身更残酷。

其实，对这些候鸟我们所知甚少，我们无法明白：为什么它们每年冬天都能准时回来，即使关山万里也没能阻断它们的归程？

有些鸟会栖息在这个城市的湖边，而另一些鸟却会匆匆飞过。一种鸟与一个地方的微妙联系，更像一个谜，像原野上旋转的风，令人疑惑又让人猜想。

在烟波浩淼的湖边，有一个外乡人总在自言自语：我是哪一种鸟呢？

一群白鹭，在今晚飞过

那是一群白鹭，从城市上空的烟云中穿过，像穿过欲望黑色的胃。

然而白鹭还是白鹭。

从领头的一只到末尾的一只，都为梦里的那片绿林子白着。

其中年纪最大的白鹭祖母，在飞行的路上留下一段家族迁徙的记忆，若一叶折叠的纸船飘转到时光的背面。

在天空悲悯的眼神里，刚出生不久的小白鹭，羞怯地用翅膀开始飞的尝试……

白鹭穿行在今晚的风中，远处绿林子里的每一片树叶、每一只昆虫，仿佛都感应到了隐隐的伤和疼痛。

然而白鹭就这样单薄地白着。

天黑下来，巨大命运的气息从深渊的缺口漫过来。那群白鹭像一道银白色的弧光，从黑夜柔软的腹部划过……

天空下仰望的人，倏忽想起了冬天——乌黑嘴唇边的霜和雪花。

学习一种新的建筑方法

冬天要来的时候，我从鸟的垒巢方法获得启发。

一对鸟夫妻不停地忙碌，好像与时间赛跑。一个用嘴巴衔来树枝，另一个用嘴巴衔来泥巴……

它们垒起的巢，外观看似杂乱却有奇妙的结构。

它们打算让宝贝——还藏在另一个生命里的小宝贝在此出生。我相信，唯有母亲才会明白这巢的内部该如何设计。最为奇怪的是，它们把窝口开在上方，准确地说是东南方向。不知道这有神秘的寓意，还是采光的需要。于是，我把它简单理解为一种心灵的朝向。

冬天将临，我迷恋上一对鸟的筑巢。

它们变得不再谨小慎微，甚至对人的走近也已视而不见。

这是一件神圣的工作，如果切换成我们人类的语言呢？可以叫作未来的事业或者希望。当然，那些忙着眼前事情的人不会关心这个，未来是多遥远的事，他们眼睛里装满了急切、焦虑和不安……

而这一对鸟夫妻呢，繁忙而平静。在傍晚时分的树林里飞来飞去，翅膀扑动着夕阳的光。

在这个冬天，我开始练习一种新的建筑方式。首先是练习嘴巴，除了吃饭、说话，更重要的是学习用嘴巴工作、劳动——恢复一种已经丧失的身体记忆。

我清醒地认识到，现在还离不开语言的工具。还要用一个汉字搬运一根树枝，用另一个汉字装来泥土。当然还要用上花的逻辑、风的修辞和月光的语法……其中，核心技术是如何把这些材料黏合在一起，把它做成一个完美的可以容得下时光的鸟巢。

哈哈，爱人，我和你在短暂的困惑之后，相视而笑。不用说，鸟的工作已让我俩心领神会。

稻草人札记

一

稻草人是农人的替身，是对麻雀们的幽默，是大地的行为艺术……在质朴的诙谐中，一种亘古的矛盾被轻松地化解。

稻草人是农家代代相传的智慧，如今它穿上T恤、连衣裙，就具有了现代元素。想象和虚拟的稻草人，是乡村的随心所欲。

二

稻草人，这田野的守望者，借助于人

的声势，拿着一把木枪，但对谁也不构成伤害。然而鸟雀、野兽总是信以为真，本能的畏惧令它们远远避开。

稻草人有点落寞了，真想在降霜的后半夜喊叫，但它命定地无法说话。只能这样站着，或者任由风摇一摇有些麻木的手脚。

三

稻草人沐浴在晨光里了，那是谁给它系上一条红绸带？红绸带在手臂上飘舞，飞起三两只栖息的白鸽。

稻草人静静地望着，甩着羊角辫的小女孩嬉笑着跑向远处，天空中回荡着响亮的鸽哨。这田野上的稻草人啊，快乐地舞动那条红绸带……

刀螂舞者

如果不是你惊喜地叫我，我已匆匆走过。谁会注意一只路口的刀螂呢?

它哪里像一位刀客，分明是位绿衣舞者。它戴着绿色小帽，穿着绿色连衣裙，在风中翩若惊鸿。

如果不是你停下来，用手机拍照，我已匆匆走过，甚至会不经意间从它身上踏过。

它从哪里来，为什么在这路口舞蹈?它的一只长臂为何短了一截?我无从得知它的前世今生，也无法对话交谈。我们离得很近，却又隔得很远、很远，恍惚隔着一条时光奔涌的河流。

它与我童年时对望过的那一只刀螂如此相似，然而又有点陌生。在我们身边，路上的车辆不停地呼呼开过。

它却停留在这里，在正午的阳光下一直保持起舞的姿态……哦，可能它并不是在舞蹈，那只是一只昆虫生命的样子——它在生活中本来的样子。

你好奇地用手机拍照，我也跟着拍照。许多人围过来拍照，似乎都暂时忘了其他的事情，也忘了去饭堂用餐的时间。

在路口，一只刀螂成了主角，它在瞬间走进微信，成了一名网红，成了“今日头条”。

后来呢？似乎没有后来，没有谁知道刀螂舞者去了哪里。

银杏

叫一声银，再叫一声杏，就像呼唤我一对儿女的乳名。

汉语里的这两个字，轻轻地押着韵，碰成一个词：银杏。多么美妙动听!

我在想象的深处触碰这两个字，掂一掂银，银白的月光，悠悠擦亮了心情；摸一摸杏，杏红的恋情，一下子燃烧起时光的平静……

然而，当我真实地面对一棵被叫作古植物活化石的银杏，第一眼看到的，倒是它的普通、苦难和执拗的清贫。它絮絮叨叨的方言土语，我听不懂；我也听不懂它穿过亿万年的枝叶传递过来的——大自然的密码和生命。

我只能从这棵老树上摘下几颗白果，熬一顿滋补的稀粥；只能用晒干的银杏叶泡壶老茶，在酷暑、浮躁的七月天清热、去火……

红土地域

如果红土地也曾沸腾过，那定是非常久远的事了。摊开手掌，它冷冷刺痛我的皮肤。

真想张开两只臂膀，驮着被藤萝纠缠得像虬龙的孤树，驮着村前那宁静而淳朴的水塘，驮着傍山的梯田里始终弯曲的背影，驮着这山势随意一弯就是寒凉风景的地域……

一切是这样沉重，沉重得双臂无法变成翅膀，只能深深插进这片红土，长出繁密的根须。

我从此理解了树上的每片叶子为什么总贴着树干飞动，为什么老树上的每个疤痕都是苦痛而怅望的眼睛……

无皮树

它是一棵没有皮的树，赤裸裸站着，默默无语。身边好心的冬青劝它说：“你真该有件衣裳，世界上谁不是用衣裳包裹着自己？！”

春来冬去，冬来秋往，无皮树怎么也长不出一层随着季节变化颜色的皮。它突出的骨节和疤痕还是无遮无掩，风常在背后冷言冷语。

一棵树居然没有皮，没有人不感到十分稀奇。男人走过敲敲，女人走过碰碰，孩子也踹上一脚试试。它赤裸的心颤抖着、颤抖着，从枝到根，又从根到枝……

然而，它怎么也没有长出一层包裹自己的皮。

树林分割天空

伟大的天空，高高在上，包容着万物赖以生存的土地，人类顶礼膜拜：我的老天爷！

祈祷的声音飘上九霄，天空仁慈地派遣使者——风到地面巡察。

风一路广布天空的恩泽。这天，它走进森林，遇见辛勤的蚂蚁、忙碌的蜜蜂和四处生长的野草。风停下脚步，用那柔和的声音说道："我是你们的主——天空的使者。"

蚂蚁和野草交头接耳："天是什么？"蜜蜂猜道："大约是上面那些空空的洞。"

风愕然抬头，第一次发现，天空被树的枝枝杈杈分割成了无数奇怪的几何图案。

一群骡子穿过阳光下的大街

一群黑色、棕色的骡子，从夏天的大街穿过。十点钟的阳光喘着粗气。

那时，赶骡人吁吁地吆喝，鞭子不停地在骡背上抽出叭叭脆响，我一眼就记住了，拖载的是锈迹斑斑的铁窗。

那时，我只感到骡子在鞭影下忍受，忍受成了唯一的表情；那时，我只感到斥骂和阳光拌着汗、血在骡毛脱落的部位烙烫；隐隐觉得，有女模特在广告画上屏息了片刻，骡蹄就嘚嘚地踏了过去。

一车又一车锈迹斑斑的铁窗……这是拖向何方？我茫然地想：那是他们自己的牲口吧？只因为他们是骡子的主人，就能够这样肆意驱遣？

骡子，在这马成了摄影的道具、驴子蜷卧在公园栅栏里的城市，我一遍遍掐算你的命运，你这马和驴杂交的后代。

那时，我不能也无法煽动骡子背叛。

在秋天的锋刃旁边

一

风声在野獾的耳朵边，一天凉于一天。

芦苇苍茫，吹动的箫音沾染了淡淡的白露。

白日的清欢，留下零乱的痕迹，犹如远行者的记忆。

如果思想已经远离，只余水波云烟，便无心相守。

虚拟的繁盛淘空了所有的梦幻，恍如一个年代远去，留下隐约的背影。

而在每一个现在，语言却无法拥有时间。转瞬即逝，匆匆是唯一的真相。

丛林深处，是谁探出头来？

西风吹过刀锋，我听到嗖嗖的声响，霜花落在了秋天的鼻尖上。

二

秋天的尖锐，刺破了词语的空洞。

它在睡莲之上，蜻蜓之上，石榴花之上。

你的目光在获得，也在失去。有谁还能把心静下来聆听寂静？

也许还有一个蓝湖，但只有一只漏水的木船。从变幻的倒影里，我看见层层格式化的楼宇。

秋已深了，掩埋了来时的路。你已无法回去。

三

秋，在三尺深的湖底慢慢沉淀。

湖岸上，那远行的人在凝望。黄栌的倒影，在碧蓝的水上点燃一簇簇时光的火焰。矢车菊恍然忆起她的前身，忽黄忽绿的风从现在出发，将抵达秋草怎样的来世？

秋在雁翅上一瞬瞬渐凉，那远行的人在眺望。

秋是一根根银亮的丝，看不见的蝉坐在岁月深处。想象这生命的茧子，在由谁的纤指拉出一匝一匝心思。一块空空的石头在树下对着辽远的天发愣，它已失忆，记不清谁曾在此留下一段沉酣的梦。

那纺织娘神秘的话语已经传得很远，一直传到了天边。那远行的人在眺望。

寻找冬天

暖冬

西伯利亚冷空气被挡在冬天的门外，我们无法回到一个季节，就像荒原上的孩子迷失了回家的路。

气温，一遍遍把冬天涂改成春天，阳光却无法穿越雾霾。我们被封闭在一间温暖的房子里，听到温水煮青蛙的预言，却又茫然无措。

可能季节匆忙赶路，把冬天弄丢了。凛冽的北风和雪花，成了令人怀念的事。那时候，我们一起堆雪人，她的小脸蛋被冻得通红，冬天是一地的欢笑。

可能时间走得太急，把童年给弄丢了。生活很火，煤和油烧得太旺，把一根冬天的雪糕烤化了。想起雪莱的诗，我想问：冬天还会来吗？

哦，冬天，令人怀念的村庄，停留在遥远的地方，就像一段回忆的黑白短片。我想问，今晚哪一列动车能够抵达？

多久不下雨了

雨去了哪？

你问断流的河，河说去问树；你问枯黄的树，树让你问土；你问土，泥土不会说话。

一个会说话的人与不会说话的大地，怎么谈论雨水问题？

不知那天上谁管这个事。如果换成我，我也为难：没有雨，拿什么来下？

雨去了哪？

雨到底去了哪？

你问干涸的河，河床裂开口；你问枯黄的树，树梢无声地叫；你问干燥的土，土扬起尘。

你不记得上次下雨是什么时候了。它下的时候，谁都没在意。后来，它就不再下。一滴也不下，一个月，二个月，三个月……

地里的人想哭。但他尽量忍住，把眼睛里的泪忍住。

忍住，忍住，直到忍不住的时候，我想雨水也快忍不住了……

喜雨

岭南从夏天一直旱到初冬，在土地快

要失去耐心的时候——下雨了！

迟迟不开的桂花树，一夜间吐出淡黄色的幽香。枯黄的草地，似乎也想在湿润的水汽里返回绿色。我和孩子一起大声诵读杜甫的诗句："好雨知时节……"

突然间，喜雨的心情遭遇华北暴雪的消息。盯着电视屏幕，孩子发出疑问："南方的雨跟北方的雪有没有关系？"

我无言以对。那心里残剩的快乐情绪顷刻间散去，开始对远方暴雪的灾难怀有歉意。

这冬雨下开了头，又连绵不绝，像剪不断理还乱的离愁别绪，也像电视连续剧的情节看似有了结局又节外生枝。

捉摸不透的天气滋生隐隐的忧虑，但没有人说得清地球在发生什么。

醒着的人

我们额上的皱纹被岁月的刻刀雕琢得越来越深，而性格的锋芒却被时间的风尘打磨得平整圆滑；现实的存在被时尚的剧情演绎得越来越五光十色，而内心的世界却被看不见的手牵拽进单一的灰色……不知道，这是不是一种悲哀。

——远方的诗人寄来这样的诗句：

陡然醒悟生命只是一架工业的机器，
忘记自己本是有灵性的生灵。

网络时代的诱惑使我们放弃了灵魂的宁静，可是，当沉醉于情感聊天的虚拟时空和轻薄、搞笑的短信息挑逗时，一切已不再真实。如果生活在意义的背面，那么活着自然便成了一场场游戏。

——远方的诗人寄来这样的诗句：

不能失去生命里的精神，它是照亮旅途的星辰；

不能失去心灵里的真爱，它是让人生温馨的月色。

我们在午夜梦醒时也会有瞬间的自审、反思，然而又不能不正视生命本身已支离破碎，它在半空中无奈地随风飞扬，过去的老岁月正轻轻地掩过书籍、民歌和爱情构成的传统美丽。

——远方的诗人还是固执地寄来这样的诗句：

不要看我的眼睛，

坐在门口守着唯一的路径，
白光的边缘黑蝙蝠纷纷跌落。
在你们的世界里，
我是唯一清醒的人，
一条寂寞的河床，
纷乱、变幻的天空，
放逐的流云，
在酒神的蓝火焰里舞蹈……

动漫怪兽

孩子动漫故事里的九头怪兽。铁臂超人砍掉它的一只头，它却又长出一只新的头……

怪兽张开嘴巴，张开无底的洞——黑洞，所有的物质和反物质都填不满它的饥渴和饿。

欲望张开一对巨蟹的双钳，夹住一颗蓝色星球。绿树、鲜花、昆虫、飞鸟、野兽……没有一种自然界的生物能够满足它巨大的胃，经过咀嚼、反刍、吸收，然后排泄出一堆堆钢铁的森林和控制人类自己的智能机器人。

智能机器人发出指令：用左手砍下右

手，吃身体的肉充饥，喝血管的血止渴！

就这样，在动漫故事里出生的新新人类长大了，他们精彩变幻着的眼球背后，露出一个空空的、无底的洞，预示着最后一个情节——

一颗蓝色星球，倾斜着滑落下去……

生命树

最早的时候，你的头发该是榕树的气根和叶子，它们吮吸空气、阳光和水。那时候，每一根头发丝都该是一根神经，牵动着来自森林深处的隐秘，一阵风吹过，欣喜或者悸动，都会传导到心灵的中枢。

不知从什么时候起，你被移植到这座城市里。站立在街道边，你的头发只是头发，头发成了一种美丽的饰物。

就像头发开始用梳子、头油，用飘柔、海飞丝、潘婷以及各种洗发护发精华素精心呵护、调理。这一棵南方的老榕树开始枝叶凋零，由于一个岁月的巨大空洞和无数的蚁窝，它的根部慢慢与泥土割断了联系，只能触碰到冰凉的钢管、混凝土，以及从半空中跌落的尖锐、喧嚣的刀郎的歌……

那在遭到刀砍后又长出的枝干上，有几片稀疏的绿叶子，一条条棕色的气根悬挂在初秋傍晚荒凉的影子里。似乎快要失去记忆和疼痛了，从早晨那两只翠鸟飞走后，它就一动也不动地站立着。在这天空下、这霓虹灯影的旁边站立着，就像昨夜梦境里的那个人——

他连头发都已在大风中停住。

城市速写簿

等红灯

在十字路口，像等树上的柿子红，急也没用。

也像无可选择的选择。你打量着路人变化的表情。红灯太慢，有的人眼睛急红了；更多的人低着头看手机，他们并不在意身边在发生什么。

红灯变成了绿灯，你还站在路口等。

写信

如今微信快，从前写信慢。

谁还在写信？谁还在送信？你看到时光乘坐着高铁呼呼地跑。

一封信，踩着自行车，很慢。穿着绿色衣服的邮递员还在路上。

绿邮筒蹲坐着，等了很多年。

很多年过去，你还想写一封信给过去那个人。

你把时光装进去，封好信口，在信封上写下收信人的名字，却突然发现，早已把地址弄丢了，也找不回当年的8分钱邮票。

低头

城市像一座在海上漂浮的岛，她在其

中穿行。

她边走边玩自拍、与闺蜜聊天，这是快乐的源泉或者说就是快乐的样子。

世界很小，握在手上。

街上的行人飘忽、模糊，像一朵朵彩色浪花擦肩而过。

世界很小，握在手上，手机是奇妙的魔法。

商场、的士车、红绿灯……都在人流中浮动。

天空很远，远方很近。

她笑得很开心，似乎忘记了身边街市的喧嚣和杂乱，甚至差一点撞上一根路旁的灯杆。她做了个可爱的猫咪动作，然后又低下头……

十字路口

在人民二路与连江路十字路口，等红灯，也等一个人。

一阵秋天的雨突如其来，被淋湿的不只是头发。

很像眼睛的余光看到的那个侧影，那个低着头，一边笑一边自拍的女孩……但不是她。

不远处就是中冠长途汽车站，来来往往、行色匆匆的旅客，一闪而过，一闪而过……

只有你站在路边等，等一个不在这座城，也不在这个年代，却让你思念的人……

街景

她的声音，在城市喉咙里蠕动。她黄色的连衣裙飘过那条柏油路的斑马线，像弧形的光闪过街角拐弯处。

一座巨大的立交桥钢构横跨整个画面，像鸟一样附着在上面的车和人，在那一秒中停住。

她在瞬间消失，另一个年轻女人从对面走来。她的表情暧昧，看不出是焦虑还是喜悦。她甩起的手臂表明着急追赶的走势。“V”形的衣领半敞，斜背的坤包和几缕侧光晃动在饱满的双乳间，分明印下了时间和风匆忙而过的痕迹。

她在你的镜头里被对焦、定格。后来你一直尝试把这两个女人的影像叠印在一起，并细细琢磨其中的寓意。

那时，城市头顶的落日正像一团燃烧

的火球向下坠落，电视塔的尖顶想把它托住，但它还是向下坠落。

你听到一群白鹭鸣叫着飞过。

古城墙下的歌吧酒吧，像一群妖精一样的女子在黄昏的风中挤眉弄眼。

那位叫卖玫瑰的女孩，还等在你旁边。你站在一堆时间的瓦砾上，体验歉疚和尴尬。

该睡的都睡了，一个人的广场，空旷而幽静，如潮水退去的沙滩。

风沙沙地吹，你坐在石阶上，听月亮唱最后一首歌。

速写

在楼宇与楼宇之间的空白，你看到自然。

几片云彩安静而缓慢，电线像在神经的末梢颤动着电流，麻雀是一串风中的音符。

你步履匆匆，踩着城市流动的节奏，依然幻想有一次意想不到的偶然相遇。

你忽然嗅到清新的空气中，夹杂着刺鼻的汽油味。

有人沿着绿道大步慢跑，也有人边走边低头看手机。这样低头的人越来越多，脖颈前倾，他们习惯于在另一个空间说话，似乎周围真实的时间与他们完全无关。

你突发奇想：假设在另一座城市里，把低头的人与不低头的人分成两类，让他们分别走在两条不同的路上，然后，你从空中航拍，将会是一种怎样的构图和场景？

24时流水

凌晨1点

入睡。看见你在地球的另一边醒来。

梦纷乱。遇到又走散，闹市中每一个背影都像你，掉头却是陌生的脸。山环水绕，在一片花田中迷失。

6点

醒来。在微信中读你的诗。一天和整个世界由语言的门打开，想象你穿上用晨光和茉莉花编织的纱裙，在无处不在的目光里，让自己静静地开放。

7点

早餐。最平淡的红枣莲子粥、清水煮鸡蛋，从时光中慢慢溢出的味道。

8点到18点

在路上匆匆追赶时间，等待绿灯，你站在环岛对面。公文与公文之间，会议与会议之间，事务与事务之间，我抬起头，你就坐在窗外花坛旁边，像含苞的茶花一样安静。

19点到21点

散步或者读书，是无声的独白，只有一个人听到寂静中的回响。有一只昆虫啼叫，触碰到了黑暗中小小花骨朵的疼痛。

22点

一支小楷笔，一张宣纸，一个个黑亮的墨字走在回静福山的路上。泉溪边，是你若隐若现的脸。

23点

疲倦和夜的黑暗袭来，一杯普洱茶如何抵挡初春的轻寒？所有的声音低下来，低到尘埃里；所有的事物融合成虚空中的一个巨大整体。破碎的水珠重新汇聚涌动，生死寂灭的循环在夜空中浮现神秘的星光。一日恍如一生，仿佛只是一次等待。

0点

拉上窗帘。在一个临界点上归零。看到肉体沉坠、灵魂升起。在心底道一声晚安，怕惊醒你遥远的梦。

在岁月深处

片断

树木每天都在谱写光阴的乐曲，而我们没有听到。那是因为我们正在吃饭、睡觉、上网，或者忙于许多具体的事情。

如果你只听到自己内心的得失悲欢，已经错失了一个季节。

湿润的水汽在古琴声中弥散，蓦然抬头，秋天就在湖的那一边。

在心里留一个地方

在心里留一片树林，累了就回到那里去。坐下来闭目养神，会听到许多久违的声音……比如：风吹动阳光，鸟鸣穿过浓密的丛林，树叶落在脚趾上，松鼠在不远处跑过，身体仿佛也是一棵树，在泥土里悄然伸展根须……

只在心里留下这片山坡上向阳的树林，谁也无法找到这个地方，除非你替另一个人留着。

返回

有一种方式，可以返回过去的某段时光。当然这需要把现在放下，还需要你把自己变得柔软、轻盈，随空中一片纯粹的羽毛飘飞。

这是天气初凉的时节，万物内敛，唯有秋风浩荡。你在喃喃自语：“谁在陌上行走？偏爱桂花的人，在送别哪一只归雁？”

一首诗的约定，注定在另一阕词的韵脚旁重逢。等到千帆过尽，第一片红叶便会落下，我相信它恰好落在你的怀里，就像久违的灵魂……

遥望北方

比草原更辽远的是大漠，比大漠更辽远的是秋风。今夜，有一个人披着风声回到北方。毛白杨指向稀疏的星斗，胡杨树在月光里跳动一束束火苗……

我站在空寂的苍穹下引颈回望，恍惚只是一瞬间的事，大半生已经过去，就像闪烁的流星从生命中划过。

遥望北方，有一种不可言说的隐喻。在时间的荒野，谁又能拒绝流沙？今夜，把一颗流浪的心收回，却手握一把苍凉。哦，兄弟，让我们再次唱起“在那遥远的地方……”

辑二

山居

畔水村·醉蝶花

那一点微微的醉，吸引了一对蝴蝶。

那一点微微的疼，也是偷酿着的酒。

谁和谁的目光悄悄相碰，在飞动的蝶翅之间，在初凉的风中呼应。

我们在花径迷路，为一盏盏花的香气迷醉。

当然，这也是一个梦，在连州畔水村，在大夫第民宿，在青山下的花海，让一路的风尘安顿下来。

不远处，山影如人生的旅程逶迤起伏。我们且坐下来歇脚，也许暗中都有了一点留下来的心思。但今晚我们只是匆匆来去采风的诗客，仅以这一束花为凭，与时光相约：

醉蝶花间，畔水为居。

岭背·绿色的风

在阳山岭背，你扒开一只柚子，拨开一颗板栗，慢慢从中寻找、品咂秋意。

偶然间，你发现了生活由辛苦化为香甜的秘密，你还发现这奇妙的配方就藏在岭背人淳朴的眼神里。也许，打开一座山需要一把钥匙，然而他们，对山山水水心怀敬畏，只把汗水像种子一样播撒，然后静静地听野地里发芽的声音、结果子的声音。

在岭背，人们只让自己像绿色的风吹过去，像绿色的雨落下来，这一切都发乎自然，他们甚至听到自己生命里面也在发芽、开花、结果。沿着一条石径，能够走向秋天的深处，那里有许多我们不知道的事物。而这条石径也从岭背通向岭外，它打开了一座大山的愿望和可能。身旁的这条泉溪，也像一条敞开的哲理从山的心中潺潺流出……

前江铺·石拱桥

有什么会在石拱桥上留下呢？

骑着老牛的牧童走过，扛着铁锹的青年走过，拎着竹篮的老翁走过……桥下的溪水都映出了他们的倒影。

许多年前，我也曾从桥上走过，那时留下了什么呢？一张照片，一幅油画，一段记忆……似乎也都成了水里模糊的影子。

如今的老街铺，又有些老房子塌顶了、不见了，还有些新楼宇冒出来。在新旧混杂的印象里，感觉在时光的流逝中有一双手在暗中互搏，一只手在挽留过去的老街生活，另一只手却在堆叠人们心中的新潮时尚。石拱桥还是石拱桥，好像唯有它没有改变。它静静地伏在一条溪流之上，一任倒影不停地幻变。秋风吹响，老树上的黄叶哗哗落下，有人从树上摘下一串野果，他说又尝到了童年的味道。

没有人不是桥上的过客，当我挥手告别前江铺，回首再看一眼石拱桥，它像一位拱着腰的老人定格在暮色中，留在了心头，成为一个岁月的意象符号。

昨夜，我又梦见石拱桥，也梦见你一袭红衣从桥上飘过，溪水瞬间被火焰点燃，同时被点燃的是江南四月天——哦，那是故乡，我不愿从故乡的梦中醒来。

天门沟驿站

风细细地，柔柔地疼；
麻藤叶轻轻地，缓缓地疼；
温泉水静静地，暗暗地疼……

半夜时分，听到山的喉咙里没有忍住的那一声咳嗽。也是你的咳嗽，偶尔一声，让另一个人心疼。

一只松鼠，在木屋的窗外探望；一只雀鸟，也忍不住叫声。

一座山隐隐地疼……

沉迷于一种墨

沉迷于一种墨，在慢慢的研磨中散发出幽幽香味。

墨与砚回到了原来。

墨融于水中，水渗进墨里。在磨墨的片刻，回到一个古代读书人的心境和老岁月。

用墨写竹、写兰、写石，墨分五色，渐渐呈现出精神和意趣。最奇妙的莫过于山水，积点成线，然后有面，有色块，轮廓从中呼之欲出。茂密的丛林，消遁了风的踪影，而在空白处留下烟云。

更多的意思，只能由你去想。

如何由墨而变成崇山峻岭、瀑流千

寻？如何由墨幻生出无数的生命？这是谜一样的神奇，它永远吸引着光阴深处的目光。于是，丘壑进入人的心中，人的灵魂又化作山川云霓。

在水墨中，你看到自己的影子，它与山水草木、虫鱼鸟兽走到了一起。

在傍晚

在傍晚，湖边，秋天的夕阳下，读一本诗集：《去爱那可爱的事物》。

还有比这更美好的事吗？

在诗集中，我第一次认识了雪鹅、泽鹰、峨螺的卵鞘、裂开的蓝贻贝，它们是那样敏感而微妙，令人晕眩的美含着隐隐疼痛，仿佛蜜蜂的尖刺探进了野百合的花芯。

当然，我也读到许多熟悉的事物，它们拥有了一些新的名字，实在令人惊奇，那些经常使用的词竟然也闪烁着灵光。

还有比这更美好的事吗？

我在湖边还找到了一面镜子，我看到

自己的脸庞重又新鲜、年轻。晚风翻动书页，有一种水的魔法从看不见的泉眼里涌流出来。哦，你说：“里面藏着一个针孔似的甜蜜暗井。”

这是中秋后第六日，深蓝色的天空没有一点杂尘，而时间可能因此而停顿，或者说已被暂时遗忘。这个黄昏，我好像看见你也坐在凉亭后的神秘影子里，影子越来越长，终于覆盖这本放在石头上的诗集。

草叶摇晃，我抬起头来，水上并没有黑水潭那两条黑蛇跳舞，岸边百合花上也没有雪蟋蟀绿色的翅膀飞动。

暮色渐深，是该回去的时候了。

清气

你很难用笔触描画，只能点染淡淡的墨色。其实，它也不是墨色，只是墨色透露出的微微气息。

这种气息，若有若无，似隐似现，近乎一种湖波上的烟气，或者山中草木的呼吸。它在一幅水墨画中，在一首古琴曲里。你在远处行走的时候，它会悄悄地漫上心来，让你想起那个人。

后来，你回到原来的岛上。坐在夜风吹动的草滩，你看远山似云，江上流水渐渐地流进你的身体里。

你恍惚能看到自己静静地坐着，头顶有清气袅袅升起。

不老泉

藏在岩层深处的涌动，泉水包裹的火焰。

像寂静深宫，一枝冷艳的海棠。
王，在心上琢的玉珮。

波纹轻漾，水雾升起，回到少年的容颜和羞涩。

等你回眸，我把江山松开。只愿沉溺于你眼睛里的泉……

秋风，扑动着翅膀……

一

你问：秋风是什么色彩呢？

它从山坡上穿过，枫叶摊开手掌——鲜红的血液如一丛丛篝火燃烧；它在原野逡巡，野草呈现深沉的墨绿色，稻谷泼散开来的金黄色渲染一种成熟的气息……

于是，你猜想秋风是一支凌空挥舞的彩笔，在色盘上调配着缤纷的颜色，你甚至想象秋风的背后有一位擅长丹青的画师。

二

第一阵秋风吹过，我便想起乡下老家，想到老家锅灶上翠绿、水红的菱角飘逸出清鲜的香味，想到菜畦边的桂花如恋人一样沉醉地颤动，想到屋檐下倚着门框的老母亲，她那遥远而温暖的目光随着白发飞扬。

回到家乡的秋天，我常感到屈原“洞庭波兮木叶下”的诗句，是在历史的老墙上回荡的一声喟叹，欧阳修那“其色惨淡，烟霏云敛”的画面也已淡远成背景，衬托着江北秋色的鲜明生动。

三

秋风，是激情裹挟着的深沉的思索；秋风，是理智包蕴着的生命的冲动。黄叶纷纷，并不意味着掩盖树根上的伤痛和疤痕。秋风踩着落叶徘徊、踱步，它在渐渐透明起来的思绪里，领悟生命新旧嬗变的意义；它在充满怀念的音乐声中，轻轻抚过一件件艰辛的往事。

诗人的眼睛里曾流出迷惑、幻灭的诗句，请你纵目远望吧，秋风正在长空大野之间扑动巨大、透明的翅膀……

飞越夜空

是月亮——

就这样沉静地泊在飞机的舷窗旁。

它不是满月，但比通常看见的要大出许多，外侧呈丰盈的弧状，环抱着不规则的另一边，犹如把难以言明的心思遮掩着。然而它又是在悠悠地说话的，不是用语言，而是轻吐圣洁、澄澈的光辉，如一段幽思和喜悦交织的音乐，一直流泻到我心底……

说它是月亮，不如说它更像一块璧玉——历经沧桑、劫难依然熠熠闪烁的璧玉。不知为什么，我又联想到蚌壳在隐隐的痛苦里孕育珍珠的感觉，想到“静影沉璧”的古典意味，想到“一片冰心在玉壶”的高寒雅洁。

这一轮月亮，就这样把灵魂泊在烟波浩渺的海上。

飞机强劲的双翼穿破厚积的雷雨云阵，凌驾于万米以上的高空。此刻的飞机更像是一艘在诡谲、绮丽海面上的航船，它在月亮这盏航标灯的引导下探寻着道路。雪白的波浪在舱外纷披激荡，无涯际的云波烟雨不停地幻变，厚积的冰块迎头蜂拥攒聚，轻灵的孤帆远影追逐着几只白鸥慢慢隐逝，银蛇倏忽从星星闪烁的海面跃出，雷声偶尔从另一个世界传来。远处的云霭，一片片以其绛紫、银亮的色调衬托出悠远、澄明的大氛围……

说这是海，但又不是海，神秘的美缘于亦真亦幻之间，让人疑惑不知身在何处又将归于何方。

转瞬，矗立在机旁的又是一座摩天雪山，那轮月亮不见了，莫非已被遗留在山的那一边？仰视雪峰峭壁，高不见顶。飞机颠簸着在山谷间攀援、寻找。突然，眼前云遮雾漫，什么也看不见了——飞机钻进积雨云层，向地面慢慢下降。

坐在季节深处

一

这里没有严格意义上的秋天，直到北方进入深冬时节，岭南才有秋意。

而在我的家乡——四季分明的苏北平原，景致会慢慢拉出景别来，在自然的后面，一位睿智、敏感的摄像师，把镜头推向纵深处，那便是秋天了。秋风透明而凉爽，明月清朗，白露凝霜，一切都显示出深邃而不晦暗的色彩。人的情绪沉缓地流动，生命走进缅怀和遐思，在充满追忆的音乐声中，一件件往事掠过，你便坐在了季节的芦苇深处。芦花白了，在秋风里点着智慧的白头；芦笛响了，呜呜呜……秋水一波一波地跳荡着夕照的反光。

在家乡时，多少秋天是属于我的诗歌的，可是，现在我没有。我这个南粤孤客，心中想着念着的人却在更远的北方。

秋，神话般的宫殿，
为所有的人打开视野。
林间通道，
对湖泊望得出神。

我想象她所处的秋天，像帕斯捷尔纳克笔下描写的那样，该是个神秘、通达、辽远的世界，生命荡动，慢慢进入凝神、沉静。

这样的时候，我在万里之外，最大的愿望就是能让她过于沉重的灵魂轻轻地放下、放下，把心灵的门扉打开，放一阵阵秋风一缕缕秋光进去，然后有一个安恬的睡眠，醒来的时候，幽影被丢在了一边，眼眸里泛起了秋波似的神采和笑意，而我只在一阵秋风里一缕秋光中。

二

今夜，我的心朝着北方的天空飞越，有一轮又大又圆又亮的月亮伴着。在高处，低头俯视人世的命运，却总是残缺。只有这一轮月亮是情感的精魂和精神的纯粹，我用双手轻抚着她，心底的怜惜甚于对待自己的眼睛和生命。

渐渐地，瑟瑟的夜风起了。这瑟瑟的音响让人联想到那种古典的弦乐，纤指暗动，未成曲调已有悠悠的意绪，错杂的弦响，在心底轻唤着隐痛和伤情。瑟瑟之音贯穿肺腑，心浸透在秋凉里的时候，唯有无言。

可是，心到底只是心，它终于折断了

御风而行的羽翼，落回南方的一片浮躁和喧嚷。它落下来的时候，一件精细的、纯白的瓷器无声地破碎，闪闪烁烁的瓷屑散落满地，在月光的反射下，像亮亮的花瓣，它们该叫“瓷花”呢还是“伤花”？心落地的时候，没有人看见，那一声“咔嚓”的碎裂也不是来自耳膜，而是冥冥中的感觉。

沉下去，沉下去，沉到红尘深处里。也许，本该如此。把碎落的心片，一块块捡在掌心，然后拼在一起，又是一颗心，它想对远方的另一颗心说：彼此相怜吧，体贴吧，尘缘毕竟未了。

心里的季节深了，我将要远行；在这世界上远行的时候，我把心握在手里。

月之语

一

月亮说的话是月光。

我们在月光里、在无数语言之手的触摸中，慢慢迷失话语。

血液在暗中涨潮，缓缓地涌起、膨胀，在顶点冲撞。生命顷刻敞开闸门，光斑在每一朵浪花上跳跃。

都是你的气息、目光，和风姿绰约的幻影。无处不在的魔力让身体在此沦陷，却又遥不可及。

温柔地撕裂。

疼痛的美。

在极致的自由和畅想中接近彼岸，而一种不可言喻的宁静降临在事物之上。

这便是我们隐藏的宿命和神秘，所有的语言飞回月光本身，飞回只有两个人居住的梦巢……

二

有一种光在上，平常的事物熠熠生辉。在宁静的岁月底下，暗暗涌动着神秘的泉源。

有一种光在上，只有心灵可以感知，不必说出来，也无从描述。它沉缓而温柔的力量，几乎隔着另一个星球的遥远。你在想象和梦幻之间，在光的速度中回到纯粹和安详。

有一种光在上，如同相对论的玄想。它并不指向理性，唯有爱和对爱永恒的感动，与心中的你同在，不要试图用欲望的嘴巴和世俗的手指挑开这层月色的帷幕。

这是最初的也是最后的宁静，就像你眼睛里收藏的，我在这首诗中呈现的——这唯一的光。

三

乘一叶下弦月，独自泅渡茫茫秋夜，衣衫被西风吹卷。

你把憔悴的心情泡在一杯茶水里，舒展、还原成初春叶芽的形状。曾经，月牙儿也在生长，在宁静的喜悦中慢慢长成一张美好的脸的模样。由此，月亮开始怀揣心事，在湖水的镜子里发呆。

丰盈或者消瘦，都与思念的潮水有关。三十年前是故乡，三千里外叫异乡，而月亮，还是一轮月亮。谁用一杆竹子作笔，蘸着月色，写一地秋字。

月光里的人须发如雪，说月亮无关悲欢。

听秋风

听到树木发出沙沙的声音，秋风起了。这时候，你张开臂膀，向天空伸展，好像整个心胸也敞开了。

你想，最早感知到秋风的，应当是一只蛐蛐，它在野地里鸣叫，嗓音里早已有隐隐的凉意。你想，最早呈现秋风踪迹的，应当是天空变幻的云彩和湖上起伏的波浪，它们早已在不知不觉中生动起来。

岭南的桂花开得迟，淡淡的幽香飘送到了你的鼻尖，秋风起了。这时候，你走向旷野，天地显得开阔而明净。你意识到，把自己的思绪也化作一阵清风，便真正进入了一个无垠的秋天。

秋风是无形的，它在万物中变幻着千姿百态；它是一种无处不在的力量，但又能触动事物的细枝末节；它甚至还能拨动一个人心头的那根弦，让另一个在远处的人听到。

在山河之间，静静地听秋风的声音，你恍然领悟——秋风原来并没有自己的声音。它只是树叶落地的沙沙声、浪花翻卷的哗哗声，它也是秋虫长长短短的鸣叫声，或许，它还是一个人在心中的自言自语。

我依然相信这个秋天

在秋天向晚时分，暮色渐渐浓起来，像水墨在一张宣纸上洇染开去。这是一日中最美的时辰，我相信会见到你，你会随着秋天一阵凉爽的风突然出现在我的面前。

世界上有许多事是不可能的，而把不可能变成可能就叫意外或者奇迹。而我相信，你就是那唯一的奇迹。

从那些互联网上的诗和文章读到了悲哀和茫然，一场疫情把生活改变了，人们似乎已看不清未来，连时间也陷落在变幻莫测的旋涡中。在这样的时候，我们还相信什么？

我一直觉得，秋天是一年中最美的季

节，傍晚是一日中最美的时辰。如果，我们对此都开始怀疑，接下来我们必定深陷在比黑夜更黑的沼泽中。

在这个傍晚，我静静地坐在一把竹椅上，看着紫荆花在寂静中盛开，几只麻雀飞过来栖息在凤凰木的枝头。我相信花木和虫鸟并没有改变它们生命的节律，季节依然在循环往复地运行。是的，我们正面临一个更加不确定的未来，每个人肩上背负的将注定不会轻松。但那又有什么呢？就像我现在俯身看到的，有两只黑蚂蚁正驮着过冬的口粮，它们缓慢地爬动，一点点接近那棵老槐树下小小的家……

在这个秋天的傍晚，我想到了你。你也正在夜色中赶路吧？我听到了从原野上传来的脚步声，节奏依然从容而优雅。

另外一种生活的样子

一座山或者一座岛，是一种存在，也是一种想象，你想象另外一种生活的样子。

你不说话，让树木在风中摇动，让野花儿张开嘴巴发出扑哧扑哧的笑声，当然，还有泉水也在石头的琴键上弹奏出婉转悠扬的乐曲。你还可以继续想象，整座山或者整座岛就是一个露天书房，每一个植物、动物，乃至岩石、土岭都打开了一本书，只要你用心读它，它就会讲出独有的故事和秘密。渐渐地，你自己也成了一本书，被风用月光的手指轻轻打开……

你常常在这样匪夷所思的想象里享受

独得之乐，你也把这命名为生态生活。其实，一座岛就在横穿城市的北江之心，它叫江心岛；一座山一直在不远处被你作为搁笔的地方，叫作笔架山。但更多时候，人们却无暇去岛上或山里，我们似乎总被一些更重要的事情所吸引。一座山或者一座岛，有时看起来有点恍惚，在晨曦或暮色中若近若远。

你是另一个想象的我，而我，是你现实中的替身。此刻，我就在小区的人工湖边发呆，从水中蒲草的倒影中看见一幢幢楼宇的格子窗。原来我们已无法从自然中抹去生活的影子，人类无处不在的影子笼罩着所有的事物，在这当中，人又如何回到自然本身而又心游物外呢？

此刻，我坐在湖边的亭子里，在想象之外发呆。

临界点

对过多的内存进行删除，放下拖累心灵的包袱。真实的季节一直按它的节奏运行，你因陷入内心的茫然视而不见。时间需要重新回到0点，参照物需要重新确认，一辆夜行车在原野上以雪亮的灯光引导自己的方向。你站在临界点上。

天边的帷幕后面不停地变幻着面孔，没有人知道不测的海面上正发生什么。巨大的问号悬置于天地之间，绝壁峭岩被葱茏的绿色掩藏。几只受惊的雀鸟从草丛腾起，倏忽间，已在丛林中消失踪影。

你站在临界点上，生命的一个阶段已经完成，凤凰木上的花开了又谢。另一段思想之旅尚未开始，未来只露出了一点叶芽。

在临界点上，你按下暂停键，对自己做一个清零。在时间的巨大沉默中，你进入回忆或冥想，也让一些语言之鸟在半空中飞。也许，鸟羽便渐渐地虚构出一种新的情境。

江心岛

真实

最初，只是北江上的小沙洲。

枯水季，打鱼的人偶尔会在上面歇脚。还有好奇的青年男女会结伴去那里玩耍。

后来，江上修了船闸、水闸，水位被控制在了一定的高度。沙洲也随之被扩充填高，变成了一个岛，还在岛上建起了徽式建筑。

再后来，这里有了一个城市书房，又扩展为一个书院，渐渐热闹起来。

每年的诗歌节在这里举办，吸引了许

多诗人。

于是，江心岛开始走进诗歌。

虚构

一座人工岛，因为虚构呈现出了各种可能。一个关于岛的写作母题，衍生出了无数的岛。

比如：沙岛、鸟岛、凤凰岛；

再比如：冰岛、火岛、离岛、月亮岛……

但你发现，无论多少种岛，其实还是一座岛。它可以变大，一个大陆是岛，地球是岛，月亮也是岛。它也可以变小，小到一个人是岛，一座岛是一片绿叶。

“江心岛很小，小到心脏那么大。”当你写下这两句诗的时候，突然意识到，江心的岛不就是江的心吗？

没有一个人是孤独的岛，也没有一座岛是孤独的。所有的岛原来都连在一起，所有的岛都是一座岛。

一本书

岛上书房，总让人想到是在江水之上打开的一本蓝封皮的书。

清风徐来，翻开书页，平凡岁月沐浴着一种宁静而圣洁的光。

它就在这座城市旁边，离每天的日子不远。所谓烦忧、寂寞和荣华，都在一本流水的书中翻过。

你从书中抬起头，重新看到了新鲜的阳光，看到了一张张新鲜的脸。原来，诗意也可以走进日常。

草木很近，江水很近，笔架山不远，甚至连几百里外的静福山似乎也能看见。

穿过一片草地和小树林，你遇到一只长着翠蓝色羽毛的鸟，它在轻轻啼叫。你放低脚步绕开去，不想惊扰它。

你看见，水边的那株桃花红了。

波密

波密，波浪和秘密。雪山的白色和远空的蓝色，交融在帕隆藏布江和雅鲁藏布江的怀抱里。

这令人疼痛的美，我不忍去触碰，甚至怕我的声音和呼吸会弄脏纯净的米堆冰川。我只想悄悄地走来又悄悄地离开，不想惊动丛林中的岩羊和戴胜鸟。

这让人冥想的寂静，我不愿去打破。帕隆藏布江的江水是一匹匹打开的布，它是喧响的静；桃花沟的桃花被春风点燃，它是燃烧的静……在亘古而遥远的秘境，我心生歉疚，回想一路走来的虚妄和浮躁，那肉体里的欲望、冲动和喧嚣的声音在自然面前低下来，如浮尘归于大地。

在波密，我只想步行，放低脚步慢慢地走。在蝴蝶谷，我想退回去，那些翩翩的蝶翅是在梦境里飞舞吧？我的出现会不会扰乱另一种不沾尘俗的美？在这里，我想象难以言喻的神秘，几只黑色的鹰在山谷中从容地飞，这些有福的生灵呵，它们已经在离神灵最近的地方。湖边的玛尼石让我停下，那些纯朴而虔敬的人们让我停下，洁白的哈达和青稞酒，便是语言难以传达的情意和爱……在最接近美和梦想的地方，我终于停下。

我想让手机停下，让腕上手表的指针停下，让我吟诵的诗句也停下。停下来，听雅鲁藏布江，听然乌湖，听米堆冰川，听嘎隆拉雪山……听来自天地深处的神秘话语。从磅礴大气中听出温婉细腻，从万籁俱寂中听出苍凉乡愁，也从万物的声音中听出我自己心灵的低语和叹息。

波密，祖宗的圣地，在此我终于停下脚步。在雅鲁藏布江畔，我想让生命回到水波里的秘密，或者隐秘中的波浪。

南海冥想

我是一阵秋天的风，在南海的山水间漫步。

我恍然记起，有一次前世的约定，在西樵山中。在那里，有无数的话语早已藏在火山岩的深处，等待着我与你今生的相遇。也许，就在那棵古榕树下，在潺潺流动的泉水旁，在一串银铃般的鸟鸣声里，我便找到了你。

我是一阵秋风，在康有为先生的故居前徘徊。

一百多年仿佛只是一个瞬间。我目送一个苍老而孤独的背影，慢慢消失在暮色之中。我知道，这位老人曾经是最早听到大海涨潮的书生，他想用文弱的肩膀扛起时代的闸门，但戊戌年注定把他的名字刻写在一个悲剧的开头。

我是一阵秋风，在南海的乡野大地上穿行。

雨打芭蕉的黄昏，我陷入一种关于时间的冥想。过去、现在和未来，其实并不能截然分开，它们像一条江从上游奔流而下，而我们就在一艘扬帆远行的船上。天风浪浪，海山苍苍，在这片盛产故事的土地上，总能听到大海起伏的涛声。

在湟川河上

一

我们知道，一条河的源头从树的根部开始，滴水穿石，汇成一股激流，最后冲出了峡谷。那湟川两岸的钟乳石把瞬间的惊愕，凝缩成千百年变化的脸谱。

也是从这里开始，有了一条船的旅程。它在忽疾忽徐的浪涛之上打开道路，但很快又被水波覆盖归于平静。一叶帆影消失在云水相接的地方，那是梦想的远处。只有茂林、修竹、野花、鸟啼，只有疏疏落落的渡口和码头，在永远守着自然界的晨昏朝暮。

一条河的忧伤，是一种坚贞和疼痛，浸泡着夕阳如血的幻影。我看到秋天最后的几枚柿果，如枝头摇曳的灯盏倒映在水波之上。在河水深蓝、澄澈的眼眸里，一个背影披着风声远去。

我们总是把一条河，说成时光的比喻和象征。其实它一直就在历史的隧道穿越，穿过昨天、今天，以及人们所有的迷途，或许它正在下一个渡口，让我们停靠——回眸绿色的源头。

二

我在湟川河上沉静下来，如一面镜子。流水从天上来，浪涛的声音高过了欲望的声音、语言的声音，我感到脉搏的跳动也成了浪花的一部分。

在湟川河上，我让自己的意志低下

去，回到自然本身。思想开始脱离肉体，透明的想象在时空中飞翔，它像波浪中的闪电，像银白色的羽毛，在颤动的空气中，在苍茫云水间，在老船夫哼唱的咸水谣的悠悠余音中灵光闪现。

我们仿佛凌驾于浪花和鱼群之上。涌起的波峰后又跌入浪谷，隐隐地，是谁的手掀起一角深渊的黑色？然而这流水至为柔弱，犹如事物背后的无形力量和法则，却常被我们视若无物。但在看不见的水的底部，有多少船的残骸却被水的温柔所掩盖。

湟川河水平如镜，一群白鹭银亮的倒影翩然飞过，像一阵倏忽来去的记忆。在我们、在匆匆过往的船帆之后，只留下一朵朵恍惚的云在流水之上。

三

湟川河是有记忆的。那两岸嶙峋的钟乳石，便是时间的形状和日月风雨留下的印痕。坐在古戏台旁，我会看到在一条大河的背景下上演了无数的悲欢离合。会看到一代代纤夫用双脚和血泪踩出的栈道，看到贞女无望地等待爱情最后化成石头；还会看到南宋的李华火攻巨石疏通航道的一幕奇观，那一个个冬夜火焰炽天，石破天惊，一股激流冲决而出，千百年后还能听到在羊跳峡的绝壁上碰撞出的隐隐回音。

我沿着湟川河的记忆穿行，那光影交错幻化出历史的源头，如铜镜般的水波映现南越王赵佗手中戈剑的凛凛寒光，映现伏波将军路博德胯下那匹汉王朝快如闪电的白马。那浪涛的声响，伴随着连州刺史刘禹锡“晴空一鹤排云上”的超拔想象，伴随着阳山县令韩愈“浩浩复汤汤”的跌宕诗情。

湟川河翻卷的波浪,是一本打开的历史书，一页风雨一页阳光，一页欣喜一页悲伤，千秋功罪、荣辱沉浮都闪烁在奔涌跳跃的浪花之上。

四

湟川河，它不停地向前流动着。这是古代楚湘通往岭南的咽喉，曾发出南粤第一声对中原文化的呼应，但它也被时光遗忘，在边地的山岭中沉睡。如今它已从美丽而寂寞的梦境中醒来，龙潭岭上一只春燕的啾啾啼叫传递着桃花的消息，一轮天上的新月轻轻挥洒银辉，孕育着山川大地绿色的幻梦。

今夜，在湟川河上，我仿佛看到这一

片土地上无数奇幻的景象纷纷呈现，过山瑶的布袋木狮、高台长鼓，静福山里抬出的大神，东陂青石板街上舞动的火龙……都一起顺流而来，漂荡开去。

湟川河，它一直不停地流动着，流动着一幅变幻的画廊长卷，流动着一条河生生不息的灵魂。而它今夜浪涛的喧响，便是我所有关于这条河的记忆与伤痛、沉思与梦想……

临河而居的山城

对水的迷恋，抑或一次次洪水的记忆，存留在山城的街名里。

石灰塘、龙船塘、西门塘、下濠基……犹如炒河粉、炒石螺、灼河虾的吆喝，在嗅觉深处煽动一阵阵湿漉漉的风味。

这是临河而居的山城，所有平常人家的苦难与幸运都烂漫在青山之上，漂流在潮汛之中。远逝的是木排、渔舟、咸水谣，和顺流而下的光阴。一千年，背倚的还是笔架山，面对的还叫北江河，山和水相望相守，交织着帷幕低垂下的一片喧嚷与宁静。

这是临河而居的山城，山水孕育了她

的清远。清的是山，远的是水，清清远远的诗意确曾挽留过无数的诗人。流星般飘逝的苏东坡、杨万里、汤显祖，在遥远的山乡水路，以诗歌点燃一树树荒凉中妖娆的紫荆花。花瓣缤纷呵，也映衬着我，一位由江南迁居岭南的书生清冽如水的灵魂。

临河而居的山城，蹲坐在早春时节的悠闲中，嘟噜嘟噜抽着一管竹筒烟。雨雾漫过，一江两岸在懵懂里苏醒。伸伸腰，踢踢腿，活动几下筋骨。大风站在山梁上，纵情一吹，就是几百里的晴朗。江流浩荡，蓝莹莹的天空黄灿灿的光，一直漫卷到珠江三角洲辽阔而绮丽的远方。

在珠三角的臂弯里，临河而居的山城是一座在草叶和花苞上做梦的后花园；是一支在月光下吹响的清远的笛；是一首夏夜蝈蝈长一声短一声宋词元曲般的咏叹……

当一首歌声里的晚霞飘落，街市霓虹闪烁。江水里山城的倒影，开始微微地震颤，美丽地晕眩……

林中

透明的瓶子

原来宁静是一只透明的瓶子，可以装进小风摇动草叶的声音，装进远远近近鸟啼的声音、落叶的声音。

我坐在山里的石头上，闭上眼睛——

我拥有这样一只宁静的瓶子，瓶子里装进了整个山林。

当我睁开眼睛，面对一个新鲜如初的世界，从我的瓶口流淌出了阳光的金子、泉水的银子。

我拥有一只流光溢彩的瓶子，不知道这只宁静的瓶子能否带出山林。

我想捧着它走向远处，去救赎那些干旱中的嘴巴和灵魂，在那些陌生人的额头洒下水滴，为他们做一次生命的洗礼。

庇佑

“一座山中神灵的庇佑，保证了一棵树的完整。”

是的，我从林中雾纱的飘散、树叶上晨光的闪烁，以及树荫下如水的宁静，看到了那不可知的。

也看到了你眼睛里的疼痛。

迷失的记忆

在混合着欲望的潮湿气流里，岩石也从梦中渐渐苏醒。

但它不能迈步，如漂泊者半透明的记忆，呈现一些暧昧的影像。

弥漫的尘烟、钢铁的喧响、荧屏的梦幻……与山边的黑夜一起悄然卷拢，在晨曦中呈现一条回归的路。

你回首迷失的记忆，寻找心灵的栖居。

你看到破碎的时间，凝聚此刻的宁静，许多绿色植物往泥土深处扎下细密的根须……

在清晨屏住的呼吸里，无数水珠般的微响滑落……

橘园

橘子树还没有开花，是果园最安静的时节。

你随意在一个老树桩上坐下，便成了橘树中的一员。有风吹到脸上、吹到心里，纯净的心思轻轻飘起。

你听到不知名的小鸟在树丛中发出啼叫，忽高忽低，时断时续，声音银铃般清脆，像在开心地游戏。你只见绿树摇动，却难觅小鸟的踪迹。

几片乌云飘过了山冈，点点雨星吹到脸颊上。你突然感到身体湿润起来，有一种疼痛在心底融化。

这个午后，你一直坐在橘园里，直到暮色徐徐落下……

春天的一部分

走很远的山路，只为走进一片桃林。

坐在一块石头上，纷乱的时光安顿下来。

你把暗藏在身体里的那扇门打开，在阳光和树影的晃动中，成了山风和鸟鸣的一部分。

走很远的山路，只为走进一大片桃花。那一瞬间，时光的火焰蔓延，心脏一下子被点燃。

在南岭早春，在向阳的山坡上，你让生命绽放，便是一棵鹰嘴桃树和它芬芳的爱情，便是漫山燃烧的红色云朵。

想起龙坪山里

我怀念那一年春天，常去山里树林中发呆。

闭上眼，很快忘记了自己。松鼠和阳光在旁边。

在一个地方停下来，在一段时间里陷落。鸟儿，不知在哪棵橘树下啼叫，雨滴沙沙落下。

正是鹰嘴桃树开花时节，整个山谷都红了。那些被点燃的，在空气中哧哧作响，嗅到梦的气息。

一只野山鸡在草丛停下，它目送我沿着这条石子路独自行走。

我已看到，山边那排马尾松。

唱春牛

桃花节上，唱春牛的壮汉和俏媳妇提一对黑牛角，扶着没有犁头的木架。

大俗大雅、半唱半吼的调子冲上云霄，落下来，爆开千树桃花。

从一瓣桃红，有人看见去年那张粉脸；从潮红的脸颊，有人把目光移向害羞的桃花。

还有许多心里的想法，没有时间说出来，就放在一坛桃花酒中，在封坛仪式后藏进地下溶洞。

洞外桃花想开就开，一把大火肆无忌惮。

在静福山

一只黑鸟，飞了半圈折返回来。

在初春空旷的气流中，划出一个巨大的弧形。

几朵晚云互相触碰着伤口，触碰着山外的炊烟。它们唤起饥饿的鸣叫，和山野轻轻的疼痛。

我回到这里，这心尖尖大小的静福山。

这时候，暮色慢慢地落了下来，落在千年刺栲树上，落在百年桂花树上，也落在刚刚爆开红红白白花苞的玉兰花上。越来越浓的暮色，悄悄掩埋着纷扰的时光，和树林后溪流的问号。

我守在这里，仿佛静福山和整个世界一起笼罩在无边的苍茫里。

我看到对面山坡上，有几张隐约的面孔，晃动的身影和没有停止的劳作。在微弱的夕光中，他们的轮廓像一幅简约的剪影。从他们飘起的衣衫上，一阵山风吹起，呼呼地，从林梢吹过来，给疲倦的内心送来一点人世的感动和温暖。

在静福山，我又一次听到时光的脚步，它在心底、在山岗低低地回响……

一只鸟，叫出寂静

只有一只鸟鸣叫，一只不知道名字的鸟。

我在窗下聆听，城市的鼾声从寂静的水底浮出。这时候，想起很多人和事已经消失。

还在沉睡中的楼道，像疲倦的喉咙。

只有一只鸟鸣叫。还有一些，藏在黑布里。但可以确信，你还在守着一盏灯。

这最初的光亮，一只鸟叫出的寂静，在慢慢放大。

潭岭九章

之一

透过杉树林梢，早春的阳光映照在浅浅的湖面，沙滩腾起缕缕白烟。那只采砂船在背景深处晃动，而我们已慢慢走远。沿着山涧泉流往源头追溯，从这块青石板到那片花岗岩，清凉的水汽在扑面的风中撞碎、散开。

俯下身来，没有发现一只游动的鱼虾。也许时令尚早，那些光影流动幻化，碎米粒样的野花留住我们的目光和自得的趣味。

在一些恍惚的瞬间，有惊惧的寒意从

背后袭来。树丛中，那是谁遗落的一顶草帽？唤回某种久违的感觉。

当我们靠近山顶，置身茫茫雾海，听到一串隐约的呼喊——重新想起时间。

之二

初春的午后，日影在一片灰褐色的石壁上缓慢游移。

山林深处，烟气低回，潮湿的泥土疼痛地隐忍。

深谷中，升起死亡和生命混杂的气息。在光影之间，这幻觉和白日梦的边缘，你静下来，听到暗处许许多多声响。昆虫、鸟兽和植物，应和着轻微的心跳和喘息。

静下来，已近黄昏。一日或者一生，很快就要过去；一个人或者一棵树，在夜色里慢慢沉浸下去……

之三

在山林醒来，那会是一个黎明时分。

小南风带着光线蹦跳，时间刚刚开始。湿润的声音像泉水一样流淌，洗净耳根深处。

“这是幻觉还是真实存在？哦，黎明在你的黎明之外。”

待山林睡去，那会是一个初春之夜。树木的影子渐渐虚幻，星辉在溪流中消失。第一朵梨花开了，最后的梦露出最初的白。

“这是幻觉还是真实存在？哦，春夜在你的春夜之外。”

之四

行走发出的声响，比嘴巴的言语更贴近泥土。

是一种本能的牵引，抑或听到丛林深处的呼唤？幻化如梦的镜像，那遥远的童年故乡，飘来一朵朵亲切而陌生的云烟。

是神韵还是气息？初生的池塘春草，也会透露大地生命无可言喻的隐秘。若远若近的距离，一步步丈量心灵回归的路径。

当漂泊的身影像水珠一样消失在林海的绿色，时间由此改变。无痕的穿越，从破碎到完整，从肉体到灵魂，在又一次四季轮回的起点，期待一场虔诚而神圣的降临和重生。

之五

听到种子的膨胀和呼叫，许多回声汇合成起起伏伏的绿色波涛。

一个季节扬起绿叶的风帆起航，雷霆不知在什么时候响起。

地下的蛇虫呼应着，雷声越来越响。闪电把一个冬天的郁闷撕碎，芽苞把坚硬的外壳啄开，就连山林里行走的人也把包裹肉体的冬衣一层层扒开。

这时候，小雨点飘起来了，像无数的小精灵把清凉、纯净的心思传递给梨花、茶花和早开的杜鹃花。整个花溪两岸，整个丛林以及林中的鸟雀都传递着同一句神秘的话语。

空中流转的风也因此情窦初开，充满着梦想的气息。那些老树桩泪水四溢，漫过沧桑的年轮和痛苦的疤痕，然后在湿润的根部开始新的孕育和萌动。

这一切的到来，似乎有一种冥冥中的契机。在这大地生生循环的印迹里，山中行走的人啊，是否已悟到山外人无法体会的奥秘？

之六

你不说沧桑，只用油画的残笔画雪落岭上，画黄牛从山道上归来。

那是冬天，现在却是初春时节。带着草香味的风从窗外飘来，似乎季节在方寸间对峙、碰撞，犹如调色板上犹豫不定的色彩。

这时候，最好到野外丛林中去。那里绿色在涌流，阳光在聚集，即使是冰冻中折损的树木也悄悄冒出新的嫩芽——像一幅画的起笔。

时光由此呈现出另一种可能，循着灵

感的踪迹你侧耳倾听，空气中酝酿着——一只黄鹂鸟发出一座山嘹亮的鸣叫。

之七

湿地。黑而松软。

你说，想起棉花堆上的弹跳。

不远处是传说中的天湖，湖上岛屿莲花般盛开。洪水曾从这里退去，留下枯树、沙丘、沼泽，恍如魔界的荒凉。

山峦间渐渐坠落的夕阳，像流浪汉一样摇晃而疲惫。

一阵晚风，几声鸟鸣。山谷里布满森林的暗影。

你说，这里曾有红面猴、岩羊和黑熊的踪迹。

然后，一片沉默。

湿地。松软而黑。

之八

冷暖之间，潮湿的地气弥漫成浓雾。来路和去路迷失，似乎陷入时间的停顿。

坐在林中，你闭目倾听。

水滴，沿着石壁滑落。

那钟声隐约，人语渐远。身体重新触摸到自然的脉搏，触摸到微妙颤动的气息。

“走进丛林就是进入一扇神圣之门。”

在山野的迷失，终于让内心获得一次敞开，和浑然一体的空明。

之九

你在这里留下痕迹，只是虚无。

在记忆或冥想里的脚印，早被落叶和青草覆盖。

至于那林中道路，也会在荒芜的热闹中被时间遗忘。

人啊，你不必无奈，也不必在意自己被忽略的意志。你可以随意抬头进入一棵大树，也可以俯首凝视一朵野花、亲近泥土。

世间一切终将逝去，唯有这生生不息的绵延，在丛林深处灵光一样闪现。大地以及大地生命的存在，变幻而恒远。在静穆中，一种沛然大气升腾、流荡……

就让风的双翼垂落吧，在浮尘之下、生死之后，复归于事物的安详。你以一座山岗的沉思和一条溪流的言说，呈现荒野背后隐约的玄妙。

（潭岭天湖位于广东省连州市东北50公里的浮山之中，由大东山脉诸山拦围而成，面积169平方公里，湖床最高处海拔1290米，是广东海拔最高的山顶水库。）

重回笔架山

山影

一直在山的影子下，若近若远。

梦中的焦虑，始终无法超越的距离。恍然醒来，惊觉只是虚设的魔障。于是，沿着十月风吹的走向回到山中。

秋已深，泉溪已浅，且掬一捧清凉的水洗去额头的躁热与浮尘。

马形石旁的草丛里有遗忘的记忆，茂盛而荒凉。可以在此驻足，等待或者瞩望。你已来过还是没有来?

我站在这唯一的路口，在一种虚空中惶惑。在与草木的交谈中，夜的宁静慢慢覆盖下来……

大山的一部分

这是我的前世还是来生？在山中露宿的夜里，我清晰地看到自己生命的内部，一点点透明起来。

我看到自己红色的心脏，如青蛙的气囊一张一合。那两叶肺呢？是卷曲的芭蕉叶子。血管的泉溪迂回流动时，脑子里却开满五颜六色的野花，还有一些普通的蜂鸟和清高的白鹭飞来飞去……

我相信这是真实的，就像土地和山林相信所有生灵，包括我的肉身和灵魂也是大山的一部分。

在这个夜晚，山里的风一直在轻轻地吹，就像那年守林老人说过的话。

他说，每天听古榕树在风里唠叨，就像跟父母和那些祖先的亡灵谈天说地；他说，有一天自己走了，也会从山里重新长出来，成为一棵树或者一只飞鸟。

山林的气息

一棵树和另一棵树如何交谈?

飞禽走兽昆虫之间如何沟通?

对我而言，这始终是个谜。也许可以猜想，它们是借助于风传递声音，但风离开的时候呢?

事实上只要进入丛林，你就能感受一种无处不在的气息——植物和动物们呼吸的气息，生长和腐烂的气息。我甚至觉得，这种气息就是森林唯一的语言，类似于一种精神，而这种气息是混合的，属于一个生生不息的整体。

当我在林中石头上坐下，调匀呼吸，让天地在心中平放，生命中的气息便与山林连在一起。

黄蜂

一只黄蜂的突然闯入、蛰咬，提醒你自然界不仅温柔如风，它也含着微毒，甚至是尖细的针刺。

猝不及防的一幕，让趣味盎然的林中交谈戛然而止。而我们所谈的，却是关于一次露天野营。喔，你呦呦地惊叫，眼睑旁突起的红肿在瞬间开个小小玩笑。而这并不意味着黄蜂是个恐怖分子，也不是什么有预谋的袭击。

非常可能，这只是一次意外。意外就像在墙角转弯处，有人与你撞了个满怀。

哈哈，你说怪谁呢？只能揉一揉疼

痛，然后各走各的道。

林中的声音

古藤上的禾雀花，在你的意念之外开放，就像一只禾花雀啼叫它的春天。

我让自己的语言低下来，才能听到它们的声音。一扇绿色的门被风打开，一群蝴蝶被阳光打开，所有的事物在另一种节奏中。

我让自己低下来，低到能看见一棵草的生长，和一只昆虫的爬行。“原来自然在你的尺度之外，在你的利害好恶之外。”

我让自己静下来，静得像一棵林中的树，张开无数绿色的耳朵，听到无数的声音。

山居

我们羡慕有人在山里租几亩地，过上种菜养鸡读书的生活。当然，我们更向往对月饮酒，在半醉半醒之间泼墨山水。

用一首诗或一幅字抵酒钱，那是唐朝。我们现在做的是在纸上舞蹈、沙上写书，与清风和阳光洽谈合伙加盟。

竹林啸歌，烧炉打铁，用青白眼看不同的人，那是更远的晋朝。我们现在想的是在石头上打盹、池水边发呆。

我们已经走到很远的远方，偶尔走回来，从过去的时光租一片向阳的山坡，种下春韭的心情、苦瓜的风致，还有菊花的悠闲。

南岭

一

在去山里的路上，要用去半生的光阴。与你相约，去一朵花里结果，在一只果里做梦。

禾雀花悄然向后退去，一直退到牛鱼嘴的山崖边，退回刺桫椤、猴面鹰的睡梦里。人的喧哗和脚步，渐渐靠近……

二

在山中行走，你听到自己寂寞的脚步。

后来，在落叶和昆虫的声音里获得一些安慰。你已断了另一些念想，在此可以放下。

一只蜻蜓的翅膀在草花上闪动，从树丛中钻出来的风猫着腰，撩乱了一地光斑。你看对面岭上的人，很近又很远。

三

在南岭，你曾经在慌乱中迷途，把狂热抛向半空虚妄的幻影。那是一个岔路口的傍晚，下临巨大的悬崖和深渊。

在宁静中，另一种神秘的声音响起，让你放慢脚步，沿着风的暗示，沿着一条蜿蜒的小径，走向人迹罕至的丛林深处。

山岭葱茏，草木在丰沛的雨水中湿润，也滋生欲望的气息。你把草庐垒在向阳的南坡——此处无路，心可安居。

辑三

火焰

寒冷的春天

这是一个寒冷的春天，每天最关心的是数字，每天最怕见到的也是数字。

确诊、疑似、死亡，这不是冰冷的数字，这是一个个鲜活的生命！每一个数字后面，都是生与死的较量，都是流泪的名字。

疯狂的病毒狡猾而凶狠，但我们看不见它狰狞的脸。它在暗处盯住我们，它想把又一个生命变成猎物，变成黑色数字。

武汉、湖北，全国、国外……数字一次次让内心疼痛。每个生命都不应是数字啊，每个人都要好好活着。

这是一个寒冷的春天，在最艰难的日子里，我依然相信春暖花开，相信被数字隔离的生命会获得新生，相信那些消失的名字会在一个阳光的早晨醒来……

2020年2月14日（庚子正月廿一）

一壶相守

一

还能够做什么呢？读书、转圈、冥想……

一壶相守，守着家和平安。在网上隔空给所有人拜年：珍重！珍重！我还能手握时间的矛，披着空间的盾，让身体返回心灵，在寂静中坚守。

心底隐隐地痛，最痛的地方是湖北，是武汉。

我要用与你的距离做防线，用这宝贵的春节假期远离病毒。

二

病毒戴着花的王冠，却想钻进人的肺叶，在那里戳上死亡的黑色印记。

无数白衣天使挺身于凶险，以大爱和勇敢为双翼，庇佑颤动的生命之火。

疫病的魔爪，怎能阻挡凭窗远望的目光？一只小小口罩，护住心中的春天。

2020年2月1日（庚子正月初八）晨

孩子眼里的小魔鬼

有一个神秘的小魔鬼，戴一顶奇怪的花帽子。你看不见它，它却钻进你的身体里。

它拽紧你喉咙口，让你咳；它住进你肺叶里，让你发热；它使尽各种坏主意，让你浑身无力。你看不见它，它又溜进了别人嘴巴里。

这个诡异的小魔鬼，不知从哪里来。它在黑暗中传送死亡的消息，但我们不怕它，要想办法打败它。

爸爸妈妈，戴上口罩拒绝它；外公外婆，守在家里远离它；白衣天使，在医院驱除它。

对了，我们还要远离野生动物，让小

魔鬼失去它的魔力。

2020年1月31日（庚子正月初七）下午

火焰之手

它一直在暗处窥视，瞅准机会突袭。你却茫然无知。

它是一种未知的危险，不停地变幻招数，攻击我们人的软肋。

它本来不是我们的敌人，听说它与一个昼伏夜出的宿主彼此共存，有人靠近了它们，并把它们引进市场的供应链条。现在谁也说不清楚，这个迁徙过程扑朔迷离。

它在暗处，人在不知不觉中成了它新的宿主。

我们把它定义为敌人，这可是从未遇到过的敌人。它一下子撞翻了我们所有的经验和认知，钻进你任意一次侥幸，寄身于你任意一个盲目自信。人啊，你得小心！甚至，在你没有任何症状时，就已成了它传染别人的通道。

这是一场生与死的较量。但我们看不见它，它在暗处。这需要人类联结成一个命运共同体来面对；需要一个国家和民族，组合成一个整体的没有漏洞的防线，阻断传染源头；更需要每一个人构筑起生命的防线，隔断病毒随时乘虚而入的机会。

它，该回到它该在的宿主；人，应回到人应处的位置。

我们没有退路，只有战斗，与站在暗处的病毒攻防较量。我们只有站在自己的位置静静坚守，在痛苦的反思中，培植一种新的病毒抗体。

在早春，我们每个人都在经历一段艰难的旅程。这时候，需要守住内心，用火焰之手守护生命，逼退疫病和黑暗。

2020年2月6日（庚子正月十三）

没有说出的

你好吗？隔着口罩，目光只能在距离中匆匆问候。

回到家的掩体，又会惦念你，惦念所有的人。

这个春天，我只能把自己藏在心的深处，让病毒找不到缝隙；只能用思想打开无形的网络，让它把我和你在另一个空间链接……

并不是一个家的孤岛，也不是一个人的孤舟。

病毒还在暗处狂窜，播撒恐惧。我们却在不眠的夜晚，点燃生命的火焰，穿越初春的雨水，驱除人们内心的寒冷。

戴口罩的守望者，在家的堡垒里的战士，每一天都在屏幕令人揪心的数字后面坚守，让生命在无声的泪水中洗涤和净化，蓄积行动的能量。你好吗？请打开窗户，让温暖的风和阳光进来。不用害怕，它们是我藏在口罩后面没有说出的话……

2020年2月8日（庚子正月十五）

哦，别怕

一

没有局外人，每个人把自己的影子留在时间的黑白胶片上。

一场私密聚集，曝光后的影像……

“谁是无症状感染者？”

医学调查，把没有踪迹的传染路线还原为生活原状。

遗漏者，在发病时暴露。

二

“我，有对你的记忆。”

对你的记忆，包括那个春天的光线、花和雨水，也已被隔离。

你从口罩上面露出的眼睛，投来警觉和怀疑。

我说：别怕，哈哈，我不是病毒！

2020年2月23日（庚子二月初一）

你走近了

一

有人说，可能吃了不该吃的竹鼠和獾，或者果子狸。

本来蝙蝠在它的山洞里栖息，你在你的家里安居。然而你的心没有停下，你想吃。

竹鼠和獾不是罪魁，贪吃的嘴才是祸首。寄生在野外动物身上的神秘病毒，本是自然存在，你走近了，它才张开无形獠牙。

只有进没有退，心比胆大的人啊，你有没有一点怕？

二

它是会飞的兽，是我用毛笔写的“福”字。它飞进年画里，就与寿星老儿、仙鹤、仙鹿、寿桃在一起。

它是迎春吉祥物。所以，我们要保持虔敬的距离。

当然，你可以想象这种奇怪的灵物，它们喜欢穴居、在夜晚飞行，而我们却喜欢在日光下行走，正好与之相反，又何必相扰？

对于它们，走得太近的人是否会触犯无言的律令？

一只蝙蝠，它藏着许多秘密。至于病毒，并非为人而生，如果它真的是在蝙蝠身上安身立命，你一旦走得太近，甚至以蝙蝠、蛇、鼠、獾、狸为口福，那你就已翻开“福”字的反面。

所有人的

在178个国家和地区250 856例确诊、10 389例死亡面前，我的诗歌失语。

只听到一个人被风吹落的呼吸，那么急促而短暂。可能是任何一个人，可能是你，或者是我，甚至来不及留下遗嘱。回头那一眼，就是生死相别。

小小病毒摇撼地球，没有人是局外人。在旷世疫病面前，诗歌是什么？它可能就是活着，并用生命的烛焰担起所有人的苦难。

2020年3月21日（庚子二月廿八）

距离

一

只有距离是安全的，与可爱的人，与陌生人……

口罩，给嘴巴加了防盗门。

戴皇冠的病毒，站在最近处窥视你。

原来，已离得这么近啊！

二

对室内的每一件器具将信将疑，又喷

洒一次消毒液……

用纸巾或者签字笔代替手指，按动电梯键。

“口罩可靠吗？”

气溶胶，飞沫，粪口……关上窗户，空气也令人疑虑。

是谁来敲门，停下。然后，脚步匆匆走开……

三

它没有脚，用了你的脚；它没有手，借了你的手；它没有细胞，却潜伏进你身体里。

不知从什么时候起，它成了你的一部分，甚至灵魂的一部分。

浮士德博士在梅菲斯特的诱引下，深

陷迷途……

“钟声为谁而鸣？”人啊，是你远离的时候了。

2020年2月22日（庚子正月廿九）

重新斟酌

重新斟酌被一场疫难改变的生活，写什么？怎么写？

确诊、死亡的数字还没有停下，面对窗外的阳光灿烂、春风浩荡，我还不能摘下口罩。

“诗歌本身并不残忍”，写作如何面对疫难是个问题。过于寂静的时间，仿佛一面镜子，你从中看到自己的表情陷入疑惑。

你想，如果你也是一位医护呢？周围都是病人，他们都在挣扎、咳嗽……在一个疲惫不堪的深夜，你终于脱下防护服，一遍遍在热水下冲洗，冲洗……

还有病毒残留吗？会不会已经溜进身体？早晨醒来，依然春光明亮。是的，生活还在继续，又一天重新开始。

重新斟酌，所有词语显得轻薄，甚至微不足道。

诗歌能做什么？能给那些茫然无助的人带去什么呢？

2020年2月26日（庚子二月初四）

你不能准确说出……

你不能准确地说出正在发生什么，每一天，你为发生的事感到巨大的迷惑和不安。

所有的事都不会是孤立的，暖冬、干旱、冰川融化、森林大火、疯狂捕杀、滥食野味、病毒传染……从中你嗅到一种说不清的气息。

有一种状态叫量子纠缠，人们却想把纠缠理出清晰头绪，甚至按精确的模型重新设计。可是，事情的发生常常在意料之外。

比如新冠肺炎的流行突如其来，它的来龙去脉迷影重重。到底会发生什么？谁能准确说出？

我们本身在改变着，或者正在被改变。

2020年3月24日（庚子三月初一）

春雷惊梦

枕着蛙鸣入梦。

雷暴和大雨，让纷乱的春夜在不安中断续。

数次醒来，下意识地翻看手机：国外疫情更新至2020年3月27日00:42，现有确诊346 466人，累计确诊408 650人，累计治愈43 32人，累计死亡18864人……

雨声，在黎明时停下。

坐在寂静中，只听到一点细微的响动，是雨滴或者落花？

2020年3月27日（庚子三月初四）

说谎

一

虚拟的边界线挡不住。病毒没有国籍、种族和信仰，也没有性别。

它戴着花的王冠，是那荒唐的自由。

人啊，为什么还不放下宿怨?

多少城池，已被最小的敌人攻破。

二

谎言也没有长脚，它比病毒跑得更快。这一对孪生兄弟，像疯狂和邪恶。

它也喜欢用花冠来迷惑，借助嘴巴的飞沫传播。在变幻的天空下，掀起一阵阵黑色风暴。

它从暗处放毒，让你变成无症状感染者。

如果说谎是另一种病毒，也需要核酸检测和口罩。

2020年3月25日（庚子三月初二）

在另一艘方舟上

在另一艘方舟上坐着未来的人——一个没有缺陷的人。他，没有一种病毒可以入侵，甚至不需要肉体，只以一种意识存在而永生。

“这不是不可能，你不能否定这种可能。”从你眼睛里露出锐利而固执的星芒，我相信，00后的孩子持有不同的理性和逻辑。

我更愿意把它看成一种科幻小说的想象——人终于被完美的技术设计，他们无所不能。

他说：最终解决新冠还要靠疫苗。

我知道他说得比我更靠谱，比我的生

态诗和爱更现实。可是，孩子，你说的未来
——怎么才能让我相信?

2020年4月8日（庚子三月十六）

春冷如冬

春冷如冬，雨丝缠绕不断。岭南，一场倒春寒。

茶餐厅，门可罗雀。一张沉默的脸，在窗前凝视玻璃上滑落的雨滴。电视机里，主持人播报快讯：全球确诊病例突破100万。封城封国，禁足令声声催紧。

小巷深处，老爷子旧疾复发，急需人送药；万里外，重症病房，护士没有N95口罩；雨声里，孩子读板桥诗句："衙斋卧听萧萧竹……"

一份隔不断的记挂，在天涯、在大洋彼岸，也在隔壁对门，在出门在外的你。

《雨打芭蕉》的弦乐低回萦绕，人与

人的惦念隔不断。心灵的门不应被关上，人性的光焰依然在阴郁的时光中闪烁。

恍如从遥远的太空传来一声深长忧叹：“长太息以掩涕兮，哀民生之多艰……”

2020年4月3日（庚子三月十一）

你已很久没有去野外

你已很久没有去野外，听一蓬蓬野花草在泥地上的声音。它们在说什么，似乎并不重要。

这个春天特别漫长，每一天会被疫情数字惊醒，你已不能平静地专注于某件事情。晃动的物体，或者提心吊胆的风，连阳光的声音和清鲜的空气都已久违。

你渴望又有些狐疑。

那些鸟雀，比往日胆子要大一些。它们在林子里的叫声，显得心安理得。

2020年4月9日（庚子三月十七）清晨

草木渐醒

怎样把数字还原成生命，还原成家庭？多少人的春天戛然断裂。

越来越沉重的死亡数字变成黑的铁块，压迫着口罩后的呼吸。

十七年前的痛陡然复发，撕裂记忆的创口。

“春天，有的人跨不过去。”

草木渐醒，疫难是怎样发生的，也会在茂盛的时间中淹没。

活着的人，还可以想想：应当如何活下去？

2020年2月21日（庚子正月廿八）

每一条路口

每一条路口，向春风打开。

尽管春天还捂着口罩，疫情没有耽误农家的日子。你的心还悬在半空，植物和昆虫已在土地里复苏。纯净的阳光和溪水蜿蜒流淌，秧苗终于在泥水中扎下根须。

渡口的货船解开绳缆，生活还要继续。西红柿、紫茄子，从枝头着急地探出张望的脑袋。

在旷野蓝空下，你把口罩摘下。看到村舍的炊烟慢慢升起，心头涌起久违的感动——又听到大地上远远的呼唤。

2020年4月11日（庚子三月十九）晚

半夜醒来

半夜醒来，躺在山的夹缝里。

一线天，离得有些远。我并不想离开这里，只随意地想一些事情，或者什么也不想。

事实上，人类的忧虑——上百年的隐忧，构成了一座山的犄角，我就被夹在当中。

一种真实的处境，一种微小的生物给聪明的人类制造的尴尬。脆弱的时间，在暗中发出咯吱咯吱的声响。断裂和崩塌的冰川横在眼前，空中纷争和喧嚣的浮云滋生着狂妄、怨恨的流言。

这个时候，还不能安静，还不能回顾

反思一路走来的过失、迷误和罪愆，我们的虚荣被戳在山的犄角上。

这个时候，是该听听风的声音，树的声音，和山中泉流的声音。这些，其实就是远去的本源和良知，与我们心中留存的温暖相似。

在山的夹缝中醒来，恍如回到筑巢而居的远古荒野。寂静，是一圈老树根上初生的木耳，它们听到——万物有声。

2020年4月17日（庚子三月廿五）

黑风暴骤然来袭

黑风暴骤然来袭，海面翻篇，没有一朵浪花不被改写。

鸥鸟惊叫：至暗时刻。

在避险的港口，船帆洗牌，看不见打牌的手。

鹰隼的翅膀，在城堡的傍晚隐匿。守夜人，以岩石的意志抵住铁门。

唯有窗户上的灯火。

2020年4月14日（庚子三月廿二）

海殇记

旋流的黑洞。灾难的台风眼。

向内吸附，出自一种偏执的念头。

在晃动的镜子里，魔幻显影。那苍老、倦怠的嗓音发誓：翻转每一块石头。

微小的病毒掀动蓝星球的狂潮，大陆航线阻断，回到岛屿，乃至洞穴。寄居蟹蜷缩在螺壳底部。

莫测的海面，发生断裂的时间。看不见的巨大海沟，在翻卷的浪涛背后。

坐在礁石上的少年，目光依然单纯，如初生弦月。听到风中传来海妖的歌声，感到孤单的寒意。

在夜的深处，螺号吹响。被唤醒的人世的温暖掠过空旷的寂静，也深入海水抚摸遇难者的亡灵……

2020年4月18日（庚子三月廿六）

在陡峭的悬崖边

在陡峭的悬崖边，当一阵风掠过的时候，你更紧地抓住身边的一根青藤。

“怎么错到这一步的？还能回到原来的路上吗？”

越来越多的石块砰砰坠落，命悬一线，只有抓住一根青藤，抵御来自幽暗深渊的寒意。

一根青藤，悬崖边的一枚枚叶子。在风吹过的时候，你听到最轻微的声息。

（据Worldometer世界实时统计数据，截至北京时间2020年4月27日15时54分左右，全球新冠疫情累计确诊超300万例，累计死亡逾20万例。）

2020年4月27日（庚子四月初五）

新春记雨

终于下雨了。从己亥除夕开始一直下到庚子正月初一。

一场酝酿了四个多月的雨啊。

先是听到黑暗中轻轻的雨声，后来到黎明时，已变成酣畅淋漓的倾诉。

今夜注定无眠。疫区也在下雨吗？雨夜除夕，疫区人是如何度过的？昨夜今晨，我已无心祝福拜年。想到天下苍生，疫病当前，只希望这洁净的雨水能下得更大些，尽情地冲洗城市、乡村，荡涤污秽病毒。

我知道，在除夕夜，一批批白衣天使告别亲人，正十万火急奔赴武汉。从手机里看到这些信息，我一个人悄悄地流泪了。

“国有难，挺而出，若有战，召必赴。”苍天也会为他们的壮举感动流泪，为他们临危不惧，救人于水火、助民于危难的慷慨大义而流泪！每当国家民族大难当前，总有一种精神力量被唤醒和激发出来，而且越挫越勇，挽狂澜于既倒，这也正是中华文化历数千年而生生不息的一种精神本质和最宝贵的基因吧。

“好雨知时节，当春乃发生。”下吧，春雨，已经忍耐了一个冬天的干旱了。这个春天，注定了是一个不寻常的开始，这个春天也将在奋斗的泪雨中发芽新生。

2020年1月25日（庚子正月初一）晨

春天的路口

在去春天的路口，疫病骤然来袭。

暖冬打开了一个魔盒，肉眼看不见的冠状病毒迅速传染扩散开去。

在去春天的路口，多少人倒下了。没有寒流，却比寒流更冷；没有泥泞，但我们的步履更为艰难沉重。

一个千万人的城市不惜封城与疫魔奋力一搏，全国亿万人以家为防线坚守，切断传染源。己亥除夕、庚子春节，我们中国人以这样的方式过年！这是与病魔之间的生死争夺，要抢在病毒前面阻断灾难的蔓延。

在去春天的路口，没有退路。

他们是白衣天使，他们是战士，国有难，挺身出！一支支医疗队听从一声召唤，从四面八方毅然奔向凶险。他们要用生命去挽救生命，用生命守护春天，用大爱仁心做一次人生的搏击。

这个春节，我只能站在一米之外，以口罩对着口罩向对面的您默默致意，我只能用手机微信向亲朋好友拜年问好。距离是信心，是坚守，也是隔不断的人情温暖和爱。

这个春节，我们更多的人可以安静下来，守护家人和亲情，守护这份弥足珍贵的平安和健康。窗外阳光明媚，春风已经来临，但我们还需要忍耐，还不能自由随意地去出行欢聚；我们需要忍耐，需要以自我隔离的方式与前线的白衣战士们一起，参与战斗。

我们需要安静下来，一个社会需要安静下来。静静地思考，也许这是最好的良药；回到根源反思，才能做出明智的抉择和行动。为什么寄生于野生动物的病毒会在我们身边？人在与自然的生命共同体中到底应处在什么位置？我们面对自己的狂妄自大、为所欲为该做出什么样的改变？

在去春天的路口，停一停脚步，回到心灵，让人归位。静下来吧，让我们回到中华博大的文化和智慧中寻找、自省，知所敬畏，知所进退，知其可为与不可为。我相信，当我们远离浮躁和恐慌，在反思和检讨中醒悟，并凝聚起生机勃发的精神力量，一个新的春天便在人心中萌芽。

在去春天的路口，我们驻足守望。

2020年1月31日（庚子正月初七）晨

新生的阳光

题记：元月 30 日，清远首例新型冠状病毒肺炎患者治愈出院。

你终于走出来，走进新春的阳光里。这阳光新鲜、明亮，仿佛经历了一次重生。

你终于穿过了一场连绵的噩梦。一开始，你不知道那狡猾的病毒是怎么藏在你身体里的，而且还伴随了一段南下清远的旅程。后来听说，这个病毒善于伪装，在显微镜下，它戴着花朵的王冠。

那天，你见到岭南的紫荆花后面儿子和儿媳妇绽放的笑脸，见到春节已经手捧喜气的“福”字迎接你。然而，你没有想到病毒已经在暗中使坏，它让你憋不住干咳，抽走了全身力气，它还放了一把小火，让你的身体发烧。

当你来到人民医院的发热门症，还不相信一种奇怪的疫病已绑架了你，那病毒还在你身体里疯狂繁殖，想通过你的飞沫钻进别人身体里。

你难以想象，晴朗的天空瞬间黑了下来，刚刚还是暖风拂面又一下子跌入冰水，冷得刺骨。这时候，你从一个口罩后面看到了一双和蔼的眼睛，一双医生的眼睛含着温和而镇定的眼神：“不要怕，马上隔离治疗！”

你被隔离在白色的病房里。静，静得出奇，能听到细微的响声，听到医生、护士匆匆来去的脚步。一场战斗，就在这里打响。这是一场争夺，从死神怀抱抢回你的生命；这是一场赛跑，要跑在时间前面打开安全通道。

“这些妹子，24小时不离不弃，是白衣天使救了我！”八个日日夜夜，生死192小时！你终于获救，治疗痊愈出院。妙手回春啊，春天为你重新打开一扇生命之门！

你在平静的病房躺着，无法知道经历了怎样的惊心动魄。你担心着，千万别传染了老伴、儿子、儿媳妇，别传染给了旅途和医院的其他人。是啊，一座城市的心也悬着，担心你，担心疫情扩散、蔓延。

清远十万火急，清远火速行动！隔离、排查、宣传、捐助……清远人听从指挥守在家里过年。在一个个口罩后面，心与心默默凝聚、汇集成一座城市的温度和爱。

八天，你在平静的病房里，无法知道中国大地正在发生什么。亿万人的心都揪住了，为武汉，为全国各地不断上升的病例和死亡数字。亿万人的心也从最初的慌乱中渐渐镇定，从万众一心抗击疫情的战斗中获得勇气。

这时候，幸运的是，你终于从死神手里挣脱出来了，你激动地连声说谢谢，眼里充满感恩。

这是一个清远春节的故事，这是所有中国人过的一个不同寻常的年。我们慌乱、迷茫、焦虑、忧伤，我们更感动、反思、检讨，并起而行动。我们终于明白：疫病不可怕，信心最重要！

在疫难面前，我们思想的火花碰撞成一种觉醒：唯有人和人、人和自然相守相爱，我们才能远离戴着死神王冠的病毒。死亡让生命愈显珍贵，痛定思痛，一场痛彻肺腑的春雨在寒冷的夜晚让我们经受了心灵的洗礼，并把万物一体的真义告谕了我们。

这是庚子年正月初六。阳光正好，春

风迎面走来，万物复苏新生。你欣喜的表情，纯净而美好，就像清远这座城市刚被一场雨水洗涤干净。

2020年2月1日（庚子正月初八）晨

请原谅我

——一位医生的告白

请原谅我，我不能陪你在家过年，这个年三十团年饭只能辛苦你送到小区门口。

我只能看着一米外的你，蹲在石墩上匆匆吃完。爱人，别走近我。你要保重，什么也不用说。你眼神里的意思，我能读懂。

请原谅我，我只能与你和孩子分开住。我爱你们，必须保持距离。你们也一定要记得少出门、戴口罩，保持距离便是爱。

请原谅我。我必须迎着疫病的危险向

前，医生的天职让我无法回避和退却。我也是个平凡人，也是血肉之躯，但国家有难，我必须用肩膀承担。

请原谅我，因为我爱你，爱父母和孩子，我就不能不爱病人。他们也是父母、丈夫、妻子和儿女。就像你善待每一个生命，甚至一只受伤的小鸟。我们是善良人，我们是积善之家。爱人啊，行善就是付出！你听说了吧，那位武汉来的大姐，还有大学生帅哥，他们不幸染上了可怕的疫病。他们需要我啊，我希望没有一个生命从我手中失去。爱人，我要跟瘟神较量，它别猖狂，最后赢的一定是我们——因为，我们有爱！

请原谅我，过年我不能陪你。但我感到幸福，你给我送来年夜饭，这是最珍贵最好吃的年夜饭。你送来你和亲人们的拜年祝福，我也会把这份亲情的温暖送给隔离病房的病人，和坚守在岗位上的同事们。

请原谅我，我又要去上班了。请不要靠近我，我爱你！

2020年2月2日（庚子正月初九）晨

捐血记

——广东省首位捐献血浆的新冠肺炎治愈者

庚子正月初九。十九岁，穿越九天的生死线，和一场张开凶险虎口的疫病。

他走出来了。阴性！两次病毒核酸检测。

重新打开生命阳光之门。

他终于大步走出来，带着一纸郑重书写的承诺。他说，要用自己的血，用与病毒较量产生抗体的血感恩、回报社会。

九个日日夜夜，他成了真正的大人。十九岁的血，经历一场病难淬炼，具有了一种新的特质和选择。

十九岁的青年捐献200毫升血浆的故事，打开了这座城市无数居家守望的窗口。经历如此疫难，不仅是血液，我们的生命、灵魂和情感，以及每个人的生活都应培植怎样的病毒抗体？

哦，祝福你，十九岁的小伙子领着一个新的春天走来了。

2020年2月3日（庚子正月初十）晨

在寂静中，听到的

亿万人守在家里，小区、村庄从未有过的安静。在静穆中，我听到一种撞击心灵的声音，久久回响在苍茫天穹……

那是一位老人，迎着寒流北上。在长江的悲鸣中，他看到被迷雾缠裹的真相。他大声说了出来。南山不老，一言千钧！

那是一位柔弱女孩，毅然报名出征。她含泪剪下及腰长发，奔进援助湖北的医疗队伍中。千千万万白衣战士来了，生死一线，他们挺身以生命与死神抗争。医者仁心，撼天动地！

我看到了人间天使，无畏病魔制造的恐惧，奋力扑动洁白的翅膀，像闪电一样刺穿黑暗和寒冷。

那是一位连续工作倒在岗位上的民警，那是一位嗓音已经嘶哑的居委会大妈，那是一位治愈出院捐出血浆的十九岁大学生，那也是你——在窗口默默守望的普通人……

一个个无眠的夜晚，我听到所有人的声音，来自生命，发自心灵。这声音让爱插上了翅膀，穿越疫难和距离，在千山万水之间汇聚成一种势不可挡的强劲力量。

大地静寂，在痛苦和感动交织的情绪中，我陷入如此漫长的沉思。关于灾难与拯救、人与人、人与自然，这需要我们在付出如此巨大代价之后反思自省，并从血泪中获得领悟和新生的动力。

一个新的早晨，我听到了春天的雷声和雨水，也听到万物复苏、草木萌动……

2020年2月16日（庚子正月二十二）

珍惜失而复得……

纯净的蓝空是我们的眼眸，自由的空气是我们的呼吸，流动的江河是我们的血脉，清远这座城市是我们清远人生命的一部分。

对失而复得的一切，必须心怀感恩，这是一线医护人员用仁心大爱和高超的医术向凶恶的疫魔争夺回来的，是冲在防控一线的人们千辛万苦保卫的，是所有清远人居家守护的，是我们一天天用口罩悉心珍藏在生命里的……

我们又能在二月的阳光下随意而舒畅地行走。新的春天又为每个人打开了天地，我们应该静心想一想，如何心怀感恩、心存敬畏？如何守护好城市、守护好每一天的生活？

是的，守护清远就是守护我们自己的生命。我们必须行动，从今天开始，从远离野味开始，从学会尊重自然开始……

2020年2月26日（庚子二月初四）

〔新闻回放：截至2月25日24时，清远市累计报告新冠肺炎确诊病例12例，已全部出院，同时，已连续14天无新增病例。清远市疫情防控指挥部办公室将清远市各县(市、区)划为疫情防控低风险地区，实行分区分级精准防控。〕

伫立在人行天桥

伫立在人行天桥，你身边的三角梅已开得火旺。公路上车辆奔流，奔向不远处的夏天。不觉间，时令已是二十四节气中的谷雨，季节并没有改变它的节奏。

疫情还在这个星球肆虐，有人预言它会与人类长期共存。很多年前，“非典”病毒来去神秘。忙碌而健忘的人们，很快就将那一幕惨剧淡忘。季节一如既往，冬去春来，并没有改变它的节奏。

新冠病毒，将所有人的生活，甚至一个时代改变。我们可能要从此学会保持距离，学会习惯日常佩戴口罩，学会接受更多我们无法适应的现实。当然，我们寄希望于特效药物和疫苗，寄希望于未来的日子。所有人，在心灵中艰难跋涉，在忧虑中把生活向前延续。与此同时，自然界依然以它们的宁静或者喧闹而存在，日月更替，万物兴衰，季节并没有改变它的节奏。

春花已开到荼蘼，一本书还在写。在一个时代大变局的路口，你面对天下苍生的苦难，用文字承受痛苦和反思，让心灵选择向季节打开而不是关闭……

2020年4月21日（庚子三月廿九）

紫藤花不可思议地紫红起来

窗下的紫藤花，让春天的想象就这样不可思议地紫红起来。

春风在走，阳光在走，时间也在走。寂静而缓慢的行走，在那寂静的大脑深处擦亮思想的火柴头，引燃一簇紫红色的火焰。

于是，我听到小草和昆虫的声音，听到所有事物在此时的呼应，也听到时光的翅膀飞翔的振动。

水晶般的幻境，一条溪水奔涌。它带着紫红的爱情，沿着蜿蜒的山径，融解了岁月最后的一点冷和暗。

紫藤花就这样把我带进久违的紫红色

诗句，让我的目光摆脱迷茫和困顿、慌乱与哀鸣的缠绕，从冷冷的铁塔、黑黑的烟云旁边收回，重又恢复了清澈和明亮。

几乎不相信我们终于走出人类由虚妄和欲望自设的魔障，又如此温和、流畅而自由，在碧蓝的天空下不可思议地紫红起来。

窗下的紫藤花紫红紫红的，仿佛在记忆的暗影里盛开，在血色和隐痛中盛开。

紫藤花从未停止生命的攀升和燃烧，终于一天天接近银亮的梦想，并且不可思议地把简单、自然的想法传递到我的生活里。

2020年4月22日（庚子三月三十）